Jens Cahnbley

Große Wahl auf kleinem Berg

Jens Cahnbley

Große Wahl auf kleinem Berg

Erzählpredigten und andere Texte eines Nordkirchen-Pastors

Fromm Verlag

Impressum / Imprint
Bibliografische Information der Deutschen Nationalbibliothek: Die Deutsche Nationalbibliothek verzeichnet diese Publikation in der Deutschen Nationalbibliografie; detaillierte bibliografische Daten sind im Internet über http://dnb.d-nb.de abrufbar.

Bibliographic information published by the Deutsche Nationalbibliothek: The Deutsche Nationalbibliothek lists this publication in the Deutsche Nationalbibliografie; detailed bibliographic data are available in the Internet at http://dnb.d-nb.de.

Verlag / Publisher:
Fromm Verlag
ist ein Imprint der / is a trademark of
OmniScriptum GmbH & Co. KG
Heinrich-Böcking-Str. 6-8, 66121 Saarbrücken, Deutschland / Germany
Email: info@frommverlag.de

Herstellung: siehe letzte Seite /
Printed at: see last page
ISBN: 978-3-8416-0407-1

Inhaltsverzeichnis

Inhaltsverzeichnis

In memoriam

gewidmet meinen Eltern,

die mein Lesen wie Schreiben früh und stetigst förderten :

John Cahnbley (1912 – 1997) ***Ursula Cahnbley ,***

geb. Kimstaedt (1929 – 1998)

Liebe Leserinnen und Leser,

vor Ihnen liegt ein Buch, dessen Texte binnen gut dreier Jahrzehnte entstanden und die zum Teil sehr unterschiedlich sind.
Trotzdem verbindet sie ein dreifach roter Faden:
1. Sie haben alle den biblisch-christlichen Gott und Glauben als Grundthema;
2. geht es in vielen von ihnen um Engel;
3. findet sich öfter das Gegensatzpaar „groß und klein“ wieder – samt seiner konträren Wertigkeit aus weltlicher und Glaubens-Sicht.

Daneben spielt auch die Phantasie eine beständige Rolle. Denen von Ihnen, die dem Realitätssinn den Vorrang geben, empfehle ich besonders die Texte II., III.1, IV., und V.1.

Abschließend seien noch zwei Gemeinsamkeiten erwähnt:
- Alle Texte sind –mit Ausnahme von I. und II.- als Predigten oder Predigtteile tatsächlich gehalten worden.
– Fast alle Texte entstanden in Schleswig-Holstein, genauer im Kreis Dithmarschen, meistens in der Kleinstadt Marne, in der ich elf Jahre tätig war. Ihr entstammen auch die Straßennamen, die sich in den Texten I. und III.3 finden.

Für eine Menge Hilfe bei der Digitalisierung und Formatierung der Texte danke ich als erstes meiner Tochter Mirjam.
Für weitere Unterstützung, Anregungen und Beratungen danke ich meinen beiden anderen erwachsenen Kindern, Michael und Melina, meiner Frau Karen – und meinem Freundes-Paar Martin Roemer und Margherita Zander.

Delve (auch in Dithmarschen), im November 2013

Jens Cahnbley

GROßE WAHL AUF KLEINEM BERG
oder : DIE KLEINE KONFIRMANDIN UND DIE GROßEN RELIGIONEN

Diesmal ging es ihr wieder anders. Genau wie schon während des letzten Konfirmanden-Unterrichts. Auch heute wünschte sie eben nicht -gleich der Mehrheit der Gruppe, dass möglichst schnell Schluss sein möge …
Es musste am Thema liegen, dass sie ausnahmsweise gespannt zuhörte - und es von ihr aus noch stundenlang hätte weitergehen können.
Denn seit dem vorigen Treffen stellte der Pastor verschiedene Weltreligionen vor – unter der vergleichenden Frage :
Was bietet jede Weltreligion ihren Mitgliedern an - als Hilfen für das Leben, um mit den eigenen Problemen besser klar zu kommen, zufrieden und anerkannt zu sein …?!
Und eigene Probleme, die hatte auch sie, diese eine Marner Konfirmandin, nennen wir sie Angelina, genug. Obwohl, genau genommen war es eigentlich nur ein Problem, dafür aber ein ziemlich großes …

„So, das reicht für heute", bemerkte der Pastor nach einem Blick auf die Uhr, „stellt bitte die Stühle wieder zurück - und dann bis in zwei Wochen, lasst es euch gut gehen!"
Angelina folgte langsam dem eilenden Strom der anderen nach draußen, vor das Gemeindehaus, in den schon dunklen Frühabend.
Denn es war ja Winterzeit, eine milde Witterung noch, so wie sie besonders die Weihnachtsnähe -allen „White Christmas"-Träumen zum Trotz- zu wirken weiß …

Angelina löste ihr Fahrradschloss, drehte ihren Untersatz in die richtige Richtung und setzte sich auf den ganz niedrig gestellten Sattel - nicht ohne betrübt zum verbliebenen Rest der Gruppe hinüberzusehen:
Wie sie zusammen standen und miteinander lachten, wie die Jungs um all' die übrigen Mädchen herum waren oder ihnen nachschauten, die alle so viel längere Beine hatten als Angelina …
Oh ja, das war sie gewohnt – auch, dass sämtliche Leute, mit denen sie mal andeutungsweise darüber sprach, sie bloß milde belächelten, sie mit lockeren Sprüchen aufzumuntern versuchten („Es zählt doch allein die innere Größe!" - „Da stehst du doch drüber!" - „Wir mögen dich so wie du bist…" Oder wollten sie nicht eigentlich sagen, was sie bestimmt dachten: „trotzdem!"); niemand nahm ihr Problem –und damit sie selbst in ihrer ganzen Persönlichkeit- richtig ernst …

Voll' solcher Gedanken fuhr Angelina schnell in die Feldstraße hinein und bog bald zur Ringstraße ab.

Plötzlich hörte sie eine unbekannte Stimme hinter sich : „He, Angelina !"
Sie erschrak, antwortete nicht, sondern trat kräftiger in die Pedale ...
„He, Angelina, warte doch mal, hab' keine Angst", klang es da erneut sehr freundlich, nun neben ihr und eher etwas von - oben !
Tatsächlich, da flog jemand an ihrer Seite ... !
„Wer -oder was- bist denn du?" , wagte Angelina zu fragen, ohne anzuhalten oder auch nur ihr Tempo zu verringern.
„Ein Engel, natürlich ..."
„Aber ..., du hast doch gar ... keine ..."
„Keine Flügel, meinst du?! Ach, hat euch das euer Pastor gar nicht erzählt ? Oder er weiß es vielleicht selber nicht, weil er die falschen Fachbücher gelesen hat ... Jedenfalls: Wir brauchen keine Flügel, um fliegen und unsere Aufträge erfüllen zu können."
„Und ... so ein Auftrag hat wirklich etwas mit mir zu tun ...?"
„Klar, dieser Auftrag hat n u r mit dir zu tun! Aber ... wollen wir dazu nicht erstmal anhalten, dann fallen wir auch nicht so auf ..."

Angelina bremste endlich ab, und der Engel stellte sich neben sie. Jetzt wären sie in der Tat nicht mehr aufgefallen, denn der Himmelsbote trug derart übliche Teenager-Klamotten, dass er glatt als Mitkonfirmand hätte durchgehen können ...
„Nun bist du sicher gespannt darauf, zu erfahren, warum ich hier bin !"
„Ja – „, antwortete Angelina, noch reichlich schüchtern-vorsichtig.
„Du willst doch die Angebote der Weltreligionen näher kennenlernen, um die auszuwählen, die dir am besten hilft, am meisten Anerkennung verschafft, dich am tiefsten versteht ... Stimmt's?!"
„Stimmt", bestätigte Angelina schon etwas mutiger, „du bist auffallend gut informiert, doch das ist man in deinen Kreisen bestimmt immer, oder?"
„Stimmt ebenfalls", lachte der Engel, „wir kommen ja schnell auf eine Wellenlänge. Dann können wir auch gleich prima zusammen wegfliegen!"
„Zusammen wegfliegen?", wiederholte Angelina erstaunt, „wozu denn und wohin ?"
„Auf einen Berg. Dort werden sich dir verschiedene Weltreligionen vorstellen. Dir allein! - Willst du?"
„Jetzt gleich ?!" „Jetzt gleich!!"
„Aber", wandte Angelina noch ein, „ ... werden sich dann nicht meine Eltern furchtbare Sorgen machen, wenn ich ... so viel später nach Hause komme?"
„Nein, nein", beruhigte sie der Himmelsbote,
„unser Ausflug wird dir zwar recht lang und sehr erlebnisreich vorkommen, doch nach eurer Erdenzeit handelt es sich bloß um ein paar Sekunden."

„Also gut, ich mach's", hatte sich Angelina im selben Augenblick entschlossen, „und - wie funktioniert das nun mit dem Fliegen - bei mir ?"

„Ganz einfach, du brauchst nur eine Hand von mir anzufassen. Bereit?"
„Bereit", antwortete Angelina fest und legte ihre rechte Hand in seine linke.

Dann flogen sie tatsächlich! Und im Nu kam es Angelina vor, als hätte sie nie etwas anderes getan, als in der Luft zu schweben; kein bisschen verkrampft und schwer fühlte sie sich, wie sie es eben noch befürchtet hatte!
So beschäftigten sich ihre Gedanken bald mit der Frage, wohin die Reise gehen mochte, welcher Ort wohl der geeignetste wäre für ein Sich-Vorstellen von Welt-Religionen ?
Das mindeste müsste doch der höchste Berg Deutschlands sein – oder besser noch, der höchste Berg Europas, nein, eigentlich konnte es nur das Dach der Welt sein !!

Aber als sie -Momente später- schon wieder Boden unter den Füßen hatten, stellte Angelina enttäuscht fest, dass ihr dieser kreisrunde Platz seltsam bekannt vorkam ...

„Hier bin ich doch schon mal gewesen", sagte sie leise, nachdenklich und mehr für sich, „ - mit meinen Eltern ... Das ist überhaupt nicht weit weg, ganz in der Nähe von ... Windbergen. Hier haben die Leute vor langer Zeit ihre Toten begraben ... Irgendwo steht auch ein Schild dazu ...; stimmt, da ist es ja, ‚Arch...äologisches Denkmal' ... Aber, das ist doch kein richtiger Berg, längst nicht hoch genug für ..."
„Für ein Sich-Vorstellen von Welt-Religionen, meinst du", ergänzte ihr himmlischer Begleiter, „weißt du denn, wie dieser –zugegeben ziemlich kleine Berg heißt ?"
„Ja, doch, das habe ich mal auf einer Dithmarschen-Karte gelesen ..., Wodansberg, nicht wahr ...?!"
„Volltreffer. Und weißt du auch, wer oder was ‚Wodan' war ?"
„Irgendein germanischer Gott, glaube ich."
„Fast wieder ins Schwarze getroffen. ‚Wodan' oder ‚Wotan' ist der südgermanische Name für den nordgermanischen ‚Odin'. Und der wurde unter anderem als Gott des Windes verehrt ... Aber pass auf, es geht jetzt los!"

Im selben Augenblick war die helle Mondnachtluft erfüllt von einem stark brausendem Sturm ...
Doch Angelina hörte in diesem wütenden Wehen noch andere Geräusche : Hundegebell und ... Hörner, als würde irgendwo wild zu einer Jagd geblasen!
Dann kam plötzlich von oben ein großer Schatten herangesaust - und nur Zentimeter vor ihr blieb, mit allen Hufen immer noch kurz über dem Boden tänzelnd, schwebend, ein schwarzer Hengst halten ...
An seiner einen Seite hing ein mächtiges Schwert, auf seinem Rücken saß - kein Gott, sondern ein Rabe - und dahinter ein zweiter ...

„Guten Abend, Angelina", begrüßte sie der vordere Vogel unerwartet freundlich, aber mit natürlich-krächzender Stimme.
„Gu - guten A-bend", erwiderte Angelina noch reichlich erschrocken.
„Darf ich uns vorstellen? Und da ich kein Esel bin, sondern ein Rabe, wie du unschwer längst erkannt hast, nenne ich mich nicht zuletzt!
Mein Name ist Hugin. Hinter mir hockt der wesentlich unwichtigere Munin ... Warum sollte er sonst in der zweiten Reihe sitzen ..."
„Hör auf, du alter Angeber", knurrte Munin dazwischen, „und unter uns, nicht zu vergessen, das ist Wotans Pferd, auch 'Totenross' genannt ..."
„Und wo ist ... Wotan selbst ", wagte Angelina zu fragen.

„Nicht hier, wie du sicher bereits gesehen hast", nahm erneut Hugin das Wort, „und ich hörte zudem, dass du direkt sowieso keinen Gott sehen sollst - heute Abend. Und überhaupt: Vielleicht gibt es Wotan ja gar nicht - und hat ihn niemals gegeben, hihihi!"
„Aber euch gibt es doch, offensichtlich", warf Angelina als Argument in die Waagschale.
„Offensichtlich", entgegnete Hugin, „Raben, Pferde, Tiere gibt es unzweifelhaft, und zwar schon recht lange, äh, seit der Schöpfung, Tag Nr. 5 und 6, wenn ich nicht falsch liege ...sitze, wollte ich sagen, denn das tue ich ja gerade ... Und möglicherweise sind wir drei so etwas wie - himmlische Schauspieler!"
„Aber dann", folgerte Angelina schnell, „hat die Religion, die ihr gerade darstellt, für meine Zeit und mich nichts mehr zu bedeuten."
„Ho, ho, alle Achtung", bekundete Hugin seine Anerkennung, „schwert-scharf nachgedacht - und leider trotzdem verkehrt ...
Ist dir bekannt, dass Wotan nicht allein als Gott der Winde verehrt wurde, sondern mindestens genauso als 'Herr der Schlacht', des Krieges ?!"
„Nein."
„Und gibt es heute noch Kämpfe, Kriege, Schlachten, schreckliche Gewalttaten auf Erden, unter den Menschen, Völkern, Ländern?!"
„Doch" , musste Angelina traurig zugeben, „sehr viele ..."
„Siehst du", triumphierte Hugin, „alle Menschen, die heute meinen: 'Will ich Erfolg haben in dieser Welt, und wer wollte das nicht, dann ist es das Hilfreichste, Nötigste, Beste, Gewalt zu gebrauchen - meine Ellenbogen, und wenn die nicht reichen, auch stärkere, härtere Waffen, um mich durchzusetzen - oder irgendein Ziel durchzusetzen, das ich für richtig, lebenswichtig halte ...'
Alle, die das meinen, sind eigentlich Anhänger der Wotan-Religion, meistens wahrscheinlich, ohne es zu ahnen oder gar zu wissen, hihihi!
Und läuft ein Kampf, ein Krieg mal miserabel, können diese Wotan-Jüngerinnen und -Jünger zumindest für sich in Anspruch nehmen:
'Wir haben jedenfalls gut gestritten, bis zum Umfallen, nicht aufgegeben, waren, sind und bleiben - Helden ...!'

Solche Ehre fällt selbstredend unterschiedlich groß aus - je nach Art und Ansehen des Kampfes. Dafür aber bleibt sie nicht selten sogar weit über den Erdentod der jeweiligen Kriegerin, des jeweiligen Kriegers hinaus bestehen.
Die alten, bewussten Anhänger Wotans erwarteten für die Zeit nach ihrem Sterben noch ganz Besonderes : Einziehen zu können in die ' Valhöll ' ihres Gottes, seine Totenhalle ... Oder als Mitglieder des ' Geisterheeres ' nachts durch die Luft zu brausen, als Teilnehmer an der ' Wilden Jagd ', immer hinter diesem schwarzen Klepper her, den du hier unter uns siehst, und vor allem natürlich hinter uns her ...!"
„Genau, du Plaudertasche", mischte sich endlich Munin wieder ein, „wir haben lange genug angehalten und sollten jetzt ab- und weiter-sausen!
Doch nicht ohne ein Abschiedswort, einen extra Raben-Rat für dich, Angelina: Ellenbogen gebrauchen, kämpfen kannst du auch mit kurzen Beinen, oft sogar besser als mit langen. Also, überleg dir's!
Und vielleicht : Auf Wiedersehen - und Willkommen in Wotans Wohnung wie Welt !!" - -

Noch während dieser Gruß verklang, entschwanden die drei Angelinas Blicken - so rasch und stürmisch sie vordem gekommen waren ...
Doch Zeit, über das Gesehene und Gehörte nachzusinnen oder gar mit ihrem himmlischen Begleiter zu reden, der immer noch nahe bei ihr stand, was allein schon sie beruhigte und erleichterte, blieb ihr nicht!

Denn fast im selben Moment schwebte etwas Hell-Leuchtendes langsam-sanft von oben heran und legte sich vor ihre Füße.
Angelina erkannte einen - Stern, groß etwa wie eine ihrer Bratpfannen zuhause. Auf seiner Oberfläche erschienen allmählich die Züge eines Gesichts, das lächelte und aus solch' freundlichen Lippen hauchte :
„Hallo, Angelina."
„Hallo", grüßte sie verwundert zurück.
„Du hast bestimmt nichts dagegen", sprach der Stern weiter, „wenn ich sofort zur Sache komme und gleich sage, was ich dir mitgeben möchte."
„Das wäre wirklich prima - nach dem Raben-Theater eben und dem ganzen unheimlichen Kram drumherum", antwortete Angelina aufatmend.
„Sehr gut ! Dann höre meine Empfehlung: Glaube an uns, an die Macht der Gestirne ! Lies und höre regelmäßig das Horoskop für dein Sternzeichen, lass dir -möglichst häufig- ein persönliches Horoskop stellen und beschäftige dich mit dem Wesen deines Sternzeichens ...
Dann wird es dir deutlich besser gehen auf deinen Wegen, bei all' deinen Problemen ..."
„Warum?", fragte Angelina vorsichtig nach.

„Na, einfach deshalb, weil du dann mehr über dich -und vor allem deine Zukunft- weißt!"
„Und stimmen diese Voraussagen denn tatsächlich immer?"
„Im Grundsatz, ja."
„Und in den Einzelheiten nicht?", hakte Angelina gleich ein.
„Nicht - in jeder Einzelheit", gab der Stern zögernd zu, wobei sein Gesichtsausdruck schon etwas weniger freundlich wirkte.
„Und wird durch euch", kam Angelina ein weiterer Einwand in den Sinn, „nicht fast nur Gutes über die Zukunft vorausgesagt - und das Schlechte meist verschwiegen?!"
„Nein, nein", beeilte sich der Stern zu versichern.
„Aber heißt das nicht andersherum ", beharrte Angelina in ihren Bedenken, „wenn ich schlechten Voraussagen glaube, sie ganz ernst nehme, dass ich dann furchtbare Angst vor der Zukunft kriegen kann, und es mir viel schlechter geht anstatt besser?!"
„Klar kann es das heißen", knurrte der Stern nun unverhohlen mürrisch, hob gleichzeitig vom Boden ab, stieg rasch höher und zischte:
„Du willst also lieber unwissend bleiben, im Dunkel tappen, was deine Zukunft betrifft. Na, denn, sieh zu, wie und ob du alleine -ohne uns- auf deinen kurzen Beinen durchs Leben kommst!!"

Hart hallten die letzten Worte in Angelinas Ohren nach und ließen sie in einer betrübt-enttäuschten Stimmung zurück. Doch auch für sie blieben nur Bruchteile an Zeit:
Denn im nächsten Augenblick erzitterte die Erde wie von einem starken Beben, ein mächtiger Aufprall dröhnte dumpf durch die Nacht -, und Angelina wäre fortgeschleudert worden, hätte sie nicht der Engel gehalten!
„Was war denn das bloß ", murmelte sie benommen.

Dann aber erkannte Angelina: Vor ihr lag jetzt ein riesiges Buch, welches beinahe das gesamte Rund des Platzes ausfüllte!
Dank des Mondlichtes bemerkte sie weiterhin, dass auf seiner Einbandoberseite Schriftzeichen in einer fremden Sprache standen.
Eine Ahnung über deren Herkunft hatte Angelina gleich und wollte sich die gerade vom Engel bestätigen lassen, als das Buch selbst - mit ruhiger, tiefer Stimme- zu sprechen begann:
„Ich bin der Koran, das heilige Buch des Islam. Er ist die erfolgreichste Religion der Welt. Seine Lehre ist einfach und klar: 'Allah ist Allah ! Es gibt keinen Gott außer ihm. Er ist der aus sich selbst Lebendige, der Ewige' , wie es am Anfang meines dritten Kapitels, meiner dritten Sure heißt. Und - Muhammad ist der Gesandte Gottes.
Auch sind die Regeln für ein gutes, gottgefälliges und in der großen Gemeinschaft der Muslime anerkanntes Leben so einfach wie klar;
es sind die Fünf Pflichten:

1. die Lehre zu bekennen, die ich eben sagte ; 2. täglich fünfmal in festgeschriebener Weise zu beten - nach vorherigen Waschungen; 3. den Fastenmonat Ramadan einzuhalten, mitzufeiern; 4. die Almosen- oder Armensteuer zu geben und 5. mindestens einmal im Leben zum heiligsten Ort des Islam zu pilgern, nach Mekka, um Hadschi zu werden."

Angelina hatte es nicht gewagt, diese Rede durch Zwischenfragen zu unterbrechen, zu achtungsgebietend war der Klang der Buch-Stimme gewesen.

Beeindruckt von deren überzeugter Ruhe wollte sie nun lediglich wissen, ziemlich kleinlaut:

„Könnte ich denn überhaupt einen Platz bekommen in dieser erfolgreichen Gemeinschaft ...?!"

„Ja, das könntest du. Du hättest allerdings zwei Nachteile zu überwinden."

„Zwei ...Nachteile ", wiederholte Angelina besorgt, „welche ... wären das denn?"

„Bestimmt nicht deine beiden kurzen Beine", beschied sie das Buch in gleichbleibendem Ton, „es sind zwei Nachteile, die mit deiner Erziehung zu tun haben, damit, wo und wie du aufgewachsen bist.

Erstens kannst du noch kein Arabisch, das ist die heilige Sprache des Islam, die Sprache Allahs, die du ja schon auf meiner Einbandoberseite erkannt hast.

Und zweitens wird dir fremd sein, wie die Frauen im Islam leben: Sie haben stets verschleiert ihr Haus zu verlassen, weil sie ganz für ihre Familie da sind, deren Oberhaupt der Mann ist."

Kaum waren die letzten Worte verklungen, bewegte sich das schwere Buch bereits wieder nach oben, verursachte dabei erneut ein mächtiges Beben, und Angelina musste abermals von ihrem himmlischen Begleiter gehalten werden ...

„Danke für den Besuch und die Auskünfte", rief sie dem Koran noch nach, „ich werde über alles nachdenken, was du gesagt hast. Aber wie ich diese Veranstaltung hier bislang kennengelernt habe, werde ich dazu jetzt keine Zeit haben ..."

„Das ist richtig", bekam sie prompten Bescheid, der jedoch nicht vom Engel stammte, „dein nächster Besuch ist bereits da - und sitzt hinter dir. Und bei mir hast du Zeit - und kannst sie auf Dauer finden!"

Inzwischen hatte sich Angelina natürlich längst umgedreht und als Redner eine kleine Figur entdeckt, die mit überkreuzten Beinen auf dem Boden saß.

„Dich kenne ich, dich habe ich schon mal gesehen: Du bist ein Buddha, eine Buddha-Statue, die - sprechen kann ...!"

„Stimmt", antwortete die Figur, „aber Sprechen ist nicht das Wichtigste. Nein, Schweigen wiegt schwerer. - Also, Angelina, setze dich auch hin - genau wie ich ...

Ja, so, du hast deine Beine bereits ganz gut gekreuzt;
nur deine Füße musst du noch näher heranziehen ...
Und nun schließe deine Augen ..."
Stille. Endlich herrschte Stille an diesem aufregenden Abend.
Es war einfach zu viel passiert in der kurzen Zeit vorher, die gedrängte Fülle der unmittelbar aufeinander folgenden Ereignisse, Erscheinungen ...

So tat ihr die Ruhe eine recht lange Weile richtig wohl, Gedanken und Bilder schienen sich sortieren, ordnen zu können.
Aber allmählich merkte Angelina, dass ihre innere Unruhe nach wie vor zu groß, übermächtig war : Worauf warteten sie jetzt, der Buddha und sie ?! Hatte er ihr nicht doch noch etwas zu sagen?! Wie viele weitere Weltreligionen würden sich nach ihm vorstellen... ?!

Außerdem begannen ihre Beine in der ungewohnten Haltung langsam, aber merklich zu schmerzen ...
Entschlossen gab Angelina sie frei, streckte sie aufatmend nach vorn und sagte leise :
„Verzeih, länger geht es bei mir - im Moment jedenfalls - nicht.
Hast du mir auch eine gesprochene Botschaft mitgebracht?"
„Ja.
Was du eben begonnen hast, musst du immer wieder tun und üben:
Schweigend sitzen. Und versuchen, in dich selbst hinabzusteigen.
Nur dann wirst du Erfolg haben, den größten aller denkbaren Erfolge.
Denn in dir kannst du, in sich kann jeder Mensch - Gott finden.
Und damit die gelassene Ruhe, die Kraft selbst.
Die Kraft, richtig zu denken, zu entscheiden und zu handeln - zum Nutzen nicht bloß für dich, sondern genauso für andere Menschen, denen du erst dann wirklich, wirkungsvoll zu helfen vermagst."
Das Gehörte gefiel Angelina sehr; die abschließend genannten Ziele gingen ihr ein wie der Geschmack ihres Lieblingsgetränks oder ihres Lieblingsessens.
Doch dann erinnerte sie sich wieder an ihre schmerzenden Beine und meinte:
„Aber das dauert ziemlich lange, das Einüben und das Gott-in-sich-selber-Finden, so große Kraft zu kriegen, nicht wahr?"
„Ja, das dauert sehr lange", bestätigte der Buddha.
„Schade", dachte Angelina und wollte es auch aussprechen.
Doch die Figur war nicht mehr da.

Stattdessen stand dort jetzt - ein Lamm, weder Skulptur noch Stofftier, sondern ein ganz echtes.
Angelina fiel auf, dass es in seinem Maul einen Grashalm trug, der an einem Ende deutlich abgeknickt war.
„Und wer bist du?", fragte sie.

Denn Angelina hatte sich längst daran gewöhnt, dass -hier an diesem Abend und Ort- alle und alles antworten, reden konnten, vom Raben über Stern und Buch bis zur Buddha-Figur ...
Aber das Lamm sagte nichts.
Und es schaute Angelina mit seinen ungewöhnlich schönen Augen einfach nur weiter an, mit einem warmherzigen, verständnisvollsten Blick, der auszudrücken schien:
'Es ist doch das Natürlichste von der Welt, dass ich nicht spreche - nicht zu sprechen brauche ...?!'
Zugleich allerdings zeigte das Lamm durch wiederholte Kopfbewegungen auf seine linke Körperseite.
Endlich bemerkte Angelina die Absicht des Tieres und erkannte nach näherem Hinzutreten, dass dort eine Schrift zu lesen stand - in roten Buchstaben :
„Das geknickte Rohr wird der Knecht Gottes nicht zerbrechen,
und den glimmenden Docht wird er nicht auslöschen. JESAJA 42, 3 "

Gerade hatte Angelina die beiden Zeilen entziffert und ein zweites Mal -zur Vergewisserung- vor sich hin gesprochen, als sie verschwanden und durch einen anderen Text ersetzt wurden:
„Siehe, das ist Gottes Lamm, das der Welt Sünde trägt.
JOHANNES 1, 29 "
Und um eine gleiche Zeit später erschien stattdessen ein dritter Satz :
„Denn wenn du mit deinem Munde bekennst, dass Jesus der Herr ist, und in deinem Herzen glaubst, dass ihn Gott von den Toten auferweckt hat, so wirst du gerettet. RÖMER 10, 9 "

Fremd oder neu waren Angelina diese Bibelstellen nicht ; sie kannte und erinnerte sie aus der Kirche, den Schulstunden im Fach Religion und dem Konfirmanden-Unterricht, wenn auch nicht im genauen Wortlaut.
Ob sich wohl weitere Sätze auf dem Körper des Lammes zeigten?
Oder ob es noch irgendetwas täte, vielleicht doch eine gesprochene Botschaft mitgebracht hätte?!
Aber kaum war Angelina mit dem Denken der Fragen fertig, verschwamm und verschwand das Tier vor ihren Augen ...

„Ich bringe dich jetzt zurück", hörte sie da die Stimme des Engels neben sich, der ihr wieder seine linke Hand hinhielt.
Gedankenverloren, ohne ein Wort ergriff Angelina sie, und schon flogen die beiden erneut.
Plötzlich fiel ihr etwas sehr Wichtiges ein:
„Sag mal, du Engel, zu welcher Weltreligion gehörst du eigentlich?!
Du bist doch nicht neutral, oder ?!"
„Nein, neutral bin ich nicht.

Aber wohin ich gehöre, das musst du selbst herauskriegen oder erraten. - Reden wir lieber von dir: Hast du dich denn bereits entschieden - für eine der vorgestellten Religionen?"
„Vielleicht", antwortete Angelina und lächelte vielsagend, „doch das musst du ebenfalls allein rauskriegen oder erraten!"
Nun lachten sie zusammen, und zwar ziemlich laut. Voll Vergnügen und Übermut hätte Angelina ihren himmlischen Begleiter am liebsten in die Seite geknufft, aber das traute sie sich dann doch nicht!

Nein, entschieden, ihre Wahl getroffen hatte Angelina noch nicht. Dazu war die Vorstellung mehrerer Religionen zu beeindruckend gewesen.
Immerhin, soviel wusste sie schon: Am wenigsten hatten ihr die Wotan- und die Sternen- Religion zugesagt ...
Und noch etwas wurde Angelina schlagartig klar:
Nur ein Wesen war unter den Vorgestellten, das sie gerne umarmt hätte - das Lamm!
Und: War sie selbst nicht wie der geknickte Halm im Maul des Lammes – mit ihren Problemen ?! War und ist nicht jeder Mensch - mit seinen Problemen, Schwächen, Fehlern – so ein geknickter Halm?!

Und eigenartig : Die Vorstellung, als Halm im Maul dieses Lammes zu liegen, löste bei ihr keine Angst aus, sondern das Gefühl, geborgen, verstanden, angenommen zu sein, auf Dauer und treu getragen zu werden.

G O T T I S T D A :
IM GANZ K L E I N E N . . .

12 Thesen zum bevorzugten Gegenwärtig-Sein des Allmächtigen auf Erden

1. Wir Menschen meinen meist : Gottes Hier-Sein könne sich einzig durch ganz *große* Wunder erweisen, bei Heilungen, Sturmstillungen ...
   Richtiger ist: Statt nur an Ausnahme-Tagen will sich Gott vor allem als beständiger Begleiter in *alltäglich-kleinen* Situationen zeigen!

2. Eine vergleichende Zählung in der Bibel würde ergeben:
   Die eindeutige Mehrheit der Berichte spielt sich im alltäglichen Familien- und Arbeitsleben ab;
   Wunder-Erzählungen bilden die Ausnahmen, wenn auch als besonders gewichtete Höhepunkte.

3. Gleiches trifft ebenfalls auf den ursprünglichsten Sohn Gottes zu, sein Mensch gewordenes Schöpfer-Wort : Die Mehrzahl seiner Erdenjahre lebte Jesus unauffällig im gewiss bescheiden-kleinen Zuhause seiner Eltern mit ;
   sogar seine Hauptwirkungs- und „Wanderzeit" bestand längst nicht nur aus Wundern ...

4. Auch Gottes auserwähltes Volk -Israel- ist und bleibt ein kleines; es wurde nie eine Großmacht.
   Diesen Tatbestand hebt selbst die gewaltige, geistesgeschichtliche Größe Israels nicht auf.

5. Genauso waren die ersten Jünger, Christinnen und Christen „kleine Leute", von Fischern bis Prostituierten ...

6. Die berühmten Psalmen stehen dazu in keinem Widerspruch :
   Zwar geben -wohl nachträgliche- Überschriften viele als „Königs-Gebete" aus ;
   wirklich aber geht es in ihnen -ganz alltäglich - um erlittene Ungerechtigkeiten, Streitigkeiten mit Nachbarn ...

7. Der Gottes-Bote Elia erlebte die Gegenwart des Allmächtigen nicht im Sturm, Erdbeben oder Feuer, sondern in einem *sanften Sausen* (1. Könige 18) :

Wenn schon er -zu seiner Zeit- in die Wüste musste, um dort erst Gott richtig wahrnehmen zu können (denn der Allmächtige war ja eben unerwarteterweise nicht in den *großen* Naturgewalten!); wie lange, geduldig und still müssen dann wohl wir lauschen in unserer umlärmten Welt ...

8. Der Teufel hat's begriffen und wirkt, kämpft schon längst durch Kleinigkeiten, schafft Druckfehler und steckt bekanntlich „im Detail" ...
   Die größten Welt-Leiden, die Kriege, verursachen ohnehin wir ; selbst Naturkatstrophen sind inzwischen mehrheitlich ein Sich-Wehren der geknechteten Schöpfung gegen menschlichen Missbrauch !

9. Schließlich ist das ewige Reich Gottes, der Himmel des Glaubens, sicher irgendwo im Kosmos vorstellbar
   -trotz atheistischer Astronauten-Zweifel-,
   und es hätten dort alle Lebewesen in den uns bekannten Größe-Maßstäben mehr als ausreichend Platz ...
   Aber wäre es nicht mindestens genauso gut denkbar als mikroskopisch -mikrokosmische Welt in unsichtbarer Nähe, weil Jesu Bilder vom Senfkorn und anderen Kleinheiten mehr sein wollten als nur Fingerzeige für den Anfangs-Zustand des Gottesreiches auf Erden ?!

10. Eine Folgerungs-These für den persönlichen Glauben :
    Das Ausbleiben von Wunder-Hilfen heißt keineswegs, von Gott, von Jesus und dem Heiligen Geist verlassen zu sein!!

11. Eine Folgerungs-These für Kirchengemeinden :
    Kleine, „unrentable", scheinbar erfolglose Tätigkeiten, Wirkungen, Gruppen -und Gemeinden selbst (!)- sind nicht gering zu achten, sondern weiter zu unterstützen ...
    Gerade auch in finanziell schwierigen Zeiten sollten wir nicht allein auf größtmöglichen Erfolg und Öffentlichkeitswirkung schauen (Senfkorn !).

12. Vielleicht kann man von daher auch Jesu berühmte Zusage
    - „Wo zwei oder drei versammelt sind in meinem Namen, da bin ich mitten unter ihnen" (Matthäus 18, 20) -
    ganz neu auffassen: Nicht als Mindest-Voraussetzung göttlicher Gegenwart („auch schon, wo..."), sondern als betonte Vorliebe („gerade da, wo...") !

EIN GELEGENHEITS-GESPRÄCH *(zu Apostelgeschichte 12, 1 – 17)*

Liebe Gemeinde !

Der Gottesdienst ist gerade zuende gegangen. Ich stehe noch an der Tür und verabschiede die Gottesdienstbesucher in den Sonntag.

Zu meiner Predigt bekomme ich höfliche Worte zu hören, obwohl ich selbst heute unzufrieden bin. Predigttext ist Apostelgeschichte Kapitel 12 gewesen: die wunderbare Befreiung des Petrus aus dem Gefängnis.

Die Gedanken und Themen, die mir dazu in der Vorbereitung gekommen sind, hatten mich schon richtig gefangengenommen, aber in der doch zu theoretischen Form, in der ich sie dann gepredigt habe, sind sie einfach nicht freigesetzt worden.

Mit dem letzten Gottesdienstbesucher, den ich verabschiede, hat sich noch ein längeres persönliches Gespräch ergeben. Jetzt möchte ich gern in die Kirche zurückgehen, denn von draußen kommt es kalt herein. Drinnen sehe ich, dass die Kirche gar nicht leer ist. Eine kleine Gruppe sitzt am Rand von zwei Bänken beisammen. Während ich das Bild betrachte, kommt der Küster auf mich zu, der auch stehengeblieben war. Wir stehen einen Moment lang nebeneinander, dann erzählt er mir. Er erzählt mir, dass die Frau dort, um die sich die Gruppe gebildet hat, früher schon in der Gemeinde gewohnt habe und gerade in den letzten Tagen wiedergekommen sei. Sie habe in der Zwischenzeit in einem Land gelebt, in dem eine Diktatur herrscht und in dem es christlichen Widerstand gegen diese Diktatur gibt.

Ihr Mann sei in diesem Widerstand sehr aktiv gewesen. Daraufhin sei er festgenommen und nach einem gestellten Prozess hingerichtet worden.

Als der Gottesdienst zuende gewesen ist, sei sie auf ihrem Platz sitzengeblieben und habe angefangen, zu weinen. Da habe sich die alte Frau, die neben ihr sitzt, um sie gekümmert. Und auch die beiden jungen Leute aus der Bank vor ihr seien dageblieben. Ich sehe, dass ich beide kenne. Das Mädchen ist in meinem Konfirmandenunterricht; der Junge ist älter. Er ist auch hier konfirmiert worden und gehört in eine Jugendgruppe.

Der Küster flüstert mir zu, dass es ihm sehr unangenehm sei, er jetzt aber gehen müsse. Ich bedanke mich bei ihm.

„Ich schließe dann nachher ab“, antworte ich ebenso leise, und wir verabschieden uns.

Als ich mich zu der Gruppe setze, spüre ich für einen Augenblick, wie sie in ihrer Ruhe gestört wird. Aber dann herrscht wieder das betretene Schweigen, wie es wahrscheinlich auch die Zeit vorher geherrscht hat. Alle schauen auf den Boden.

Ich denke darüber nach, wie der Bibeltext von der wunderbaren Befreiung des Petrus aus dem Gefängnis und meine Predigt auf die Frau neben mir gewirkt haben müssen, wie hart es sie mit ihrer Situation konfrontiert haben muss.

Auf einmal ist alles konkret geworden und alle meine theoretischen Gedanken von vorhin erscheinen mir ganz, ganz klein.
„Wenn wir hier zusammen sind -und das finde ich schön", sagt sie in die Stille, „dann sollten wir auch miteinander sprechen", und sie hat es richtig auffordernd gesagt.
Aber die betretene Stimmung geht nicht sofort. „Ich möchte es wirklich", wiederholt sie, „und ich kann es auch. .verkraften."
Nach einer Weile sage ich: „Es fällt nur so schwer, etwas dazu zu sagen. Ihre Situation - das, was Sie erlebt haben, ist so fremd und so weit weg."
„Vielleicht ist die Situation doch gar nicht so weit weg", sagt da die alte Frau. „Können wir nicht auch in eine ähnliche Situation geraten? Ich meine,- dass wir allein zurückbleiben. Ich bin schon sehr lange Zeit allein."
Sie macht eine Pause und überlegt. „Ich habe oft darüber nachgedacht, ob mein Allein-Sein einen Sinn hat, ob mir Gott meine Situation bestimmt hat. Es liegt doch ein Sinn darin, sage ich mir heute manchmal, dass ich, die ich nun allein bin, für andere da sein kann, die auch allein sind."
„Aber das ist doch nicht von Anfang an richtig", sagt das Mädchen. "Denn ich möchte gern einen festen Freund haben und mit ihm zusammen sein. Oh, das klingt jetzt wahrscheinlich etwas dumm. Aber ich glaube auch, dass ich mit ihm zusamrnen für andere Menschen da sein kann."
„Du hast recht", antwortet die alte Frau, „für den Anfang ist das, was ich überlegt habe, sicher nicht richtig.- Du hast recht."
Es ist wieder für einen Moment still.
„Aber ich glaube auch", schaltet sich der Junge ein, „dass sie nicht für alle recht hat. Ich bin auch allein -oder- immer noch allein. Früher bin ich oft neidisch gewesen, wenn ich die vielen Paare um mich herum gesehen habe. Inzwischen ... na ja ... , da kann ich mich manchmal mit ihnen freuen."
„Wir scheinen alle allein zu sein", sage ich. "Ob uns dieses Problem miteinander verbinden kann?"
„Wenn wir alle allein sind", sagt da der Junge schnell, „dann würde ich es sehr schön finden", er zögert einen Augenblick, „wenn wir alle miteinander beten würden, eine Gebetsgemeinschaft miteinander haben würden."
„Bevor wir miteinander beten können", sagt die Frau, „müssen wir uns darüber im Klaren sein, was wir von einem Gebet erwarten. Erwarten wir, dass das, worum wir bitten, uns auch erfüllt wird?
Erwarten wir, wenn wir für Gefangene bitten, dass sie dann befreit werden? Erwarten wir, dass Wunder geschehen?"

„Das sind ganz ernste Fragen", gehe ich darauf ein. „Ich möchte vorher nur noch sagen, warum ich den Gedanken, eine Gebetsgemeinschaft zu halten, so gut finde. In der Geschichte von Petrus, die wir heute gehört haben, spielt die Gemeinde und ihr Gebet eine entscheidende Rolle."
„Ja", bestätigt die Frau, „und mir ist aufgefallen, dass sie es gerade im Zusammenhang mit diesen Fragen tut.

Denn ich glaube, dass die Gemeinde auch für Jakobus gebetet haben wird. Sie hat für Jakobus gebetet und sie hat für Petrus gebetet. Jakobus ist hingerichtet worden - und Petrus befreit."
„Ich erinnere mich noch sehr genau an den Teil der Geschichte mit der Magd Rhode", sagt da das Mädchen. „Als Rhode ihnen sagt, dass Petrus vor der Tür steht, da glauben sie es ihr nicht. Glauben sie es nur nicht, weil das die Rhode sagt - oder glauben sie gar nicht daran, dass Gott ihr Gebet erhört und ihnen durch ein Wunder hilft?"
„Auch Petrus glaubt ja zuerst nicht, dass er wirklich befreit wird", ergänzt der Junge, „sondern er denkt, dass er träumt."
„Das sind alles gute Beobachtungen", sagt die alte Frau. „Das ist mir bisher gar nicht so aufgefallen. Aber es bleibt doch, dass ein Wunder geschieht, dass Petrus befreit wird. Wie sollen wir uns diesem Wunder gegenüber verhalten? Glauben wir daran?"

„Können Sie darauf eine Antwort gehen?" fragt mich der Junge.
„Es wird eher wie eine bekannte Ausweich-Antwort klingen, fürchte ich. Es fällt auch mir schwer, so an das Wunder zu glauben, wie es hier geschrieben steht - gerade, wenn ich daran denke, was sonst alles in der Welt geschieht an Unglück und Katastrophen. Aber ich möchte mir den Glauben bewahren, offen bleiben dafür, dass Gott Wunder wirken kann - wenn sie dann vielleicht auch ganz anders aussehen, als wir sie uns im Gebet vorgestellt haben, vielleicht viel unauffälliger. Und ich glaube, dass es bestimmt in Gottes Sinne, in Christi Sinne ist, wenn wir ihn gemeinsam darum bitten, dass er uns bei dieser unserer Glaubensschwierigkeit hilft."
„Das haben Sie vorhin noch anders und deutlicher gesagt", nimmt die Frau den Gedankengang auf. „Sie haben vorhin davon gesprochen, dass wir unsere Fragen, z.B. die Frage, ob Gott durch Wunder hilft, im Gebet vor Gott bringen sollen. Wir sollen die Fragen dabei offen lassen, also wirklich fragen. Sie haben auch über die Antwort gesprochen. Da haben Sie auch gesagt, dass die Antwort anders sein kann, als wir es erwarten.
Aber sie wird ein Wunder sein, nämlich das Wunder der Gemeinschaft unter denjenigen, die gemeinsam miteinander gebetet haben; dass sie sich besser verstehen und sich für sie die Möglichkeit gemeinsamen Handelns ergibt."

„Ich möchte gern, dass wir das versuchen: Gemeinsam beten und unsere Fragen stellen", sagt das Mädchen.
„Ich möchte es auch gern versuchen", sagt die alte Frau.
„Und wofür beten wir?" fragt noch einmal das Mädchen. „Für Gefangene, dass sie frei kommen - haben Sie vorhin gesagt." Sie blickt die Frau an.
„Und wie ist es mit ganz … privaten Dingen?"
„Natürlich auch - ganz genauso", sie macht eine Pause. „Ich möchte gern das aufnehmen, was Sie vorhin gesagt haben." Sie blickt die alte Frau an.
„Sie sind schon sehr lange allein, viel länger als ich.

Sie haben vorhin die Frage gestellt nach dem Sinn Ihres Allein-Seins und Ihres Leidens. Diese Frage ist nicht nur auch meine Frage, sondern unser aller Frage."
Wir besprechen, wie wir die Gebetsgemeinschaft halten wollen. Wir wollen erst einige Minuten schweigen und zur Ruhe kommen. Wir bitten die Frau, dass sie dann die Gebetsgemeinschaft einleitet. Danach spricht jede Person in der Reihenfolge, wie es sich ergibt. Es muss niemand sprechen, also laut beten.
Die Ruhe tut uns gut. Ich denke noch einmal an den Verlauf des Gespräches zurück.
Dann beginnt die Frau. Und nachher sprechen doch alle. Auf einmal bekommt für mich jede Person, jede ihrer Aussagen einen ganz anderen Grund.
Meine Person für die anderen auch? Ich hoffe es. Ich merke, dass ich jetzt sehr viel offener und persönlicher werde. Etwas, was mir sonst in der so vorgezeichneten Rolle des Pastors nicht immer leicht fällt. Das sage ich dann auch. Trotzdem beschließe ich die Gebetsgemeinschaft, aber es hat vorher auch lange keiner mehr etwas gesagt. Wir sagen alle „Amen".
Als wir danach langsam aufschauen, schauen wir uns für einen Augenblick ganz anders an. Mit Augen, die einander suchen und begegnen in dem Wissen, dass sie sich für diesen Augen-Blick schon gefunden haben. Aber es ist nur ein Augenblick. Das wissen wir; es ist ein wunderschöner Augenblick - und dann ist er vorüber.
„Ich glaube", sagt die Frau, „dass das das Gemeinsame ist zwischen der Urgemeinde, der Gemeinde, aus der ich gerade komme - und unserer Gemeinde hier: Wir stellen unsere Fragen gemeinsam im Gebet und suchen so die Antworten und Aufgaben jeweils für unsere Zeit. –
Ich muss jetzt gehen. Und ich möchte mich bei Euch allen bedanken."
Sie sieht in unsere fragenden Augen. Ist damit unsere Gemeinschaft zuende, wo sie doch gerade erst begonnen hat?
Sie scheint die nicht gesprochen Frage gehört zu haben.
„Nein, ich glaube nicht, dass unsere Gemeinschaft zuende ist, wenn wir uns bewusst werden, dass wir alle einer Gemeinschaft angehören, die größer ist als unsere heute und die unsere umgreift."

Wir sehen ihr nach. Wir haben ihr viel zu wenig Fragen gestellt, denke ich. Wir sehen und hören sie noch lange, als wir sie schon lange nicht mehr sehen und hören können.

EINE ETWAS ANDERE REISE NACH JERUSALEM
(zu Apostelgeschichte 2, 1-36)

Ich sitze an meinem Schreibtisch über der Schreibmaschine.
Das Fenster ist geöffnet, frische Luft kommt herein, und ich weiß trotzdem nicht, was ich schreiben soll.
Der Text aus dem 2. Kapitel der Apostelgeschichte -über das Pfingstwunder in Jerusalem, die Ausgießung des Heiligen Geistes- scheint mir nicht zu liegen, da ich immer noch keinen Zugang zu ihm gefunden habe.
Kurz : Ich habe also keine große Lust mehr zu der Aufgabe und möchte viel lieber einen ausgiebigen Mittagsschlaf halten.
Ich stütze meinen Kopf auf - und möchte nur noch so weiterdösen, den Straßengeräuschen, die zu mir herauf- und hereinkommen, lauschen.

Auf einmal spüre ich etwas auf meiner Hand. Eine Hand hat sich auf meine gelegt.
Nach einem Moment fasse ich sie auch und drehe mich um.
„Du siehst ja aus wie ein Engel", sage ich verwundert und etwas belustigt, „ - richtig kitschig !"
„Das sagst du nur, weil du es aufschreibst und andere lesen werden. Außerdem stimmt es so auch nicht."
„Du hast recht. Du bist fast genauso groß wie ich; wenn es da einen Vergleichsmaßstab gibt, wohl auch genauso alt. Du bist ein Mädchen, also ein femininer Engel, - und du siehst auch so aus, wie ich es mir wünsche."
„Ich wäre auch nicht so hier, wenn du dir mich nicht so gewünscht hättest."

Sie setzt sich auf den Boden.
„Und was machen wir nun ?" , frage ich gespannt.
„Du müsstest es wissen."
„Na ja. Dein Kommen hat sicher etwas mit meiner Aufgabe zu tun, mit dem Text, zu dem ich keinen Zugang finde ?!"
„Ja."
„Und ...?"
„Wir reisen nach Israel, nach Jerusalem und erleben dort mit, wie die Apostel den Heiligen Geist erhalten."

Wir sind einen Moment still und schauen uns an.
„Freust du dich?", fragt sie dann. Ich nicke.
„Bin ich bis heute Abend wieder zuhause?", muss ich fragen.
Ich hätte es fast vergessen.
„Bist du."

Sie nimmt mich wieder bei der Hand, und wir steigen gemeinsam auf den Schreibtisch.
„Du brauchst dich nur an meiner Hand festzuhalten, dann kannst du auch fliegen", erklärt sie mir.
Ehe ich noch richtig zweifeln kann, sind wir schon schnell aus dem Fenster. Und fliegen.
„Das ist ja einmalig! Ich bin noch nie in einem Flugzeug geflogen und ich glaube, ich werde es auch nie mehr tun - so toll ist das!"
„Du bist ja richtig be-geist-ert", freut sie sich. „Du bist auch sonst ziemlich schnell begeistert, oder?"
„Manchmal", antworte ich nachdenklich.
„Und du", sage ich weiter, denn auf einmal ist mein theologisches Interesse erwacht, „du müsstest mir auch viele Fragen beantworten! Zum Beispiel, welche genaue Funktion ihr Engel habt und in welchem Verhältnis ihr zu Gott und Jesus steht?"
„Du möchtest immer alles wissen und genau einordnen. Das brauchst du nicht. Freu dich einfach nur."
„Gut, freu ich mir nur ..."

Wir fliegen längere Zeit schweigend nebeneinander her.
„Möchtest du Musik hören?", fragt sie auf einmal.
„Gern! - Du weißt bestimmt auch, was ich mag."
Als Antwort höre ich von überall wunderschöne Musik; aber die Stücke, die ich mag, komrnen nicht nacheinander, sondern ineinander. Es ist wie eine einzige Musik!
Ich freue mich so darüber, dass ich beginne, mich im Rhythmus der Musik zu bewegen.
„Halt, hör auf!! Wir verlieren sonst das Gleichgewicht!"
Für einen Augenblick scheinen wir wirklich das Gleichgewicht zu verlieren. Wir drohen zu stürzen. Ich denke, mir bleibt das Herz stehen. Ich schaue zu ihr hinüber. In ihren Augen ist große Angst. Für diesen Augen-Blick sind wir gemeinsam in der Angst.
Dann ist alles vorüber. Wir haben unser Gleichgewicht wiedergefunden. Es dauert lange, bis wir wieder sprechen können.

„Ich dachte, du könntest alles", sage ich leise.
„Nein", sagt sie nur. Aber so habe ich dieses Wort noch nie gehört.
Wir sind wieder still. Und ich schaue mir die Landschaft an, die Inseln, das Meer.
„Hier bist du noch nie gewesen; das ist alles neu für dich?", fragt sie.
„Ja. Mit den Reisen ist es bei mir wie mit vielen anderen Dingen.
Wenn etwas Neues und Fremdes auf mich zukommt, dann muss mich meistens jemand abholen, wo ich bin, und mit mir hingehen; allein gehe ich oft nicht hin." Ich drücke ihre Hand fester. „Danke, dass du mich heute so toll abgeholt hast!"

Wir sind in Jerusalem.
„Hörst du den Donner?", fragt sie mich. „Du siehst, dass die Leute alle in eine Richtung laufen. Lauf ihnen nach. Du gehörst zu ihnen. Dann wirst du auch die Apostel sehen."
„Und du?"
„Ich muss hier warten. Du findest wieder zurück."

Ich komme nach Stunden wieder zurück. Sie ist tatsächlich noch da.
„Wie ist es gewesen?", fragt sie gleich,
„Den Donner zu Beginn fand ich sehr unheimlich. Das Andere war viel normaler, als ich es mir vorgestellt hatte. Am Tollsten fand ich Petrus. Seine Predigt hat mich wirklich begeistert. Und ich konnte sie tatsächlich auch verstehen. Frag mich aber nicht, wie das möglich gewesen ist. Doch das Wunderbarste war, dass es danach dann auf einmal eine richtige Gemeinschaft unter all den vielen Leuten gab:
Wir haben über alles offen miteinander gesprochen, uns umarmt,
gefreut, gemeinsam getanzt, gegessen und getrunken ..."
„Dann hast du also doch viel mitnehmen können", freut sie sich."
„Ja.Ich glaube, ich habe wieder zu träumen gelernt. Ein wenig undeutlich zwar noch. Vielleicht habe ich sogar ein wenig Mut mitnehmen können, dass man auch ein Stück weit etwas erreichen kann - darin, irgendwo Gemeinde als Gemeinschaft aufzubauen, Verständnis zu haben, für Verständigung zu wirken und verständlich vom Glauben zu reden, von seinen Erlebnissen im Glauben zu erzählen.,.."
Es ist wieder eine Zeitlang ganz still.
„Bestimmt", sagt sie dann. „Ich wünsche es dir."
So habe ich auch die Worte noch nie gehört.

Auf dem Heimweg erzählen wir uns noch viel. Oft auch, indem wir kein Wort sagen.
Wir stehen wieder in meinem Zimmer.
Sie wird auch nicht mit vielen Worten gehen, denke ich.
"Es hat mir viel Freude gemacht", sagt sie.
„Ja. Mir auch."

DER VERLETZTE SCHUTZENGEL *(zu Lukas 2, 1-14)*

Mit Weihnachten verbinden wir vieles, wichtiges und nicht so wichtiges
- und ganz bestimmt und fest gehören sie dazu, die ENGEL.
Der Haupt-Grund dafür liegt auf der Hand:
Schließlich spielen sie im berühmten biblischen Bericht, Lukas 2, eine zentrale Rolle :
Als sprechende wie singende Überbringer der Weihnachts-Botschaft an die Hirten, denen sie auf dem Feld erschienen.
Beneidenswerte Menschen, jene Hirten: Sie hörten nicht bloß als erste die beste aller Nachrichten, sondern konnten auch echte Engel richtig sehen !!

Wir, heutzutage, sehen Engel in der Regel "nur" über Kunstwerke, als gemalte oder gestaltete Figuren, in Kirchen und Museen ...
Dass wir Engel nicht sehen können, scheint mir natürlich, kommen sie doch aus einer unsichtbaren Welt:
Und ich denke mir, die Unsichtbarkeit der Himmelsboten wurde und wird lediglich aufgehoben für außerordentlichste Situationen, deren höchstes Beispiel eben Weihnachten ist !

Doch können Sie, liebe Leserin und lieber Leser, sich einen Engel vorstellen, der nicht weiß, was Weihnachten ist ?!
Von einem solchen -und seiner Suche nach Weihnachten, dem Sinn des Festes und sich selbst- möchte ich uns hier erzählen!

Dazu ist lediglich noch eine gedankliche Voraussetzung nötig:
Dass Engel, wenn sie hier auf Erden tätig sind, auch Schmerzen empfinden und erleiden können ...
So könnte mein Bericht denn mehr als seinen einen Titel tragen:
„DER VERLETZTE SCHUTZENGEL"; sondern außerdem:
„DER SCHUTZENGEL OHNE GEDÄCHTNIS" - oder einfach :
„EIN ENGEL IN MARNE"!

Doch beginnen will die Handlung in der *Krumwehler Kurve*, also auf der Bundesstraße 5, unweit vor Marne:
Am Abend eines 23. Dezember kann ein Schutzengel dort zwar einen Unfall verhindern, schlägt dabei aber selbst gegen einen Baum, so dass er zu Boden fällt und bewusstlos liegenbleibt ...

Als er wieder aufwacht,
stellt er fest, dass er weder weiß, wo noch wer er ist ...
Er orientiert sich an den Lichtern und bewegt sich in die Richtung, aus der er es am meisten einladend leuchten sieht.

Bald merkt er, dass er nicht bloß gehen, sondern auch fliegen kann! So kommt der Engel nach Marne.
Im Schaufenster einer Tankstelle liest er :
„Wir wünschen unseren Kunden ein frohes FEST!"
Und er fragt sich: „Was für ein Fest mag das bloß sein?"
Da erinnert er sich: „Schon auf dem Weg hierher, dem Flug in diese Stadt habe ich ganz viele beleuchtete, geschmückte Tannenbäume gesehen... Soll vielleicht demnächst ein Fest zum SCHUTZ DER BÄUME gefeiert werden?!"

Nachdenklich setzt der Engel seinen Weg fort - durch die Marner Straßen ...
Jetzt fallen ihm die zahlreichen Weihnachtsmänner-Figuren in den Schaufenstern auf und regen bei ihm eine neue Vermutung an:
„Es könnte auch das Fest eines roten Mannes sein oder 'Für den ROTMANTEL-MANN' heißen?!"
Schließlich gelangt der Engel in die *Norderstraße* : Viele Menschen stehen da noch vor dem Kino nach der abendlichen Haupt-Vorstellung.
Sie unterhalten sich nicht nur über den Film, fühlen sich womöglich gerade eins mit den Helden der Handlung, sondern fragen einander außerdem:
„Sagt mal, habt Ihr schon alle Weihnachts-Geschenke zusammen - und eingepackt?!"
„WEIHNACHTEN" - dieses Wort löst beim Schutzengel ein wohltuend-wärmendes Gefühl aus, aber leider noch - keine Erinnerung!
Doch nun traut er sich, einfach mal nachzufragen:
„Was wird denn da gefeiert - an Weihnachten?
Was ist das für ein Fest ?"
Die Leute erschrecken furchtbar, lassen alles fallen -auch die Helden der Handlung!-, laufen weg, rufen, schreien einander zu:
„Das muss ein echter Geist sein!"
„Nein, viel schlimmer, irgendein Außerirdischer, der gleich schießt!"
„Und wir uns ebenfalls in Luft auflösen!"
Immerhin wird dem Engel nach diesem Erlebnis eines neu und wieder voll bewusst: Dass er unsichtbar ist!

Als nächstes stechen ihm große, ebenfalls beleuchtete Sterne an einzelnen Geschäftshäusern ins Auge, und ein weiteres Licht scheint ihm aufzugehen:
„Es geht hier womöglich um ein Fest der STERNE , um die Verehrung von Himmelskörpern!"
Aber nicht viel später verlöschen die künstlichen Sterne, und die Straßen sind bald fast leer und ruhig ...

Dem Engel bleibt eine Obdachlosen-Nacht erspart: In eine Gastwirtschaft lässt er sich mit einschließen; es sieht ihn ja niemand.
Sein Schlaf währt ganz, ganz lange, weil er total erschöpft war ...

Erst am Nachmittag des folgenden Tages, der ja zugleich der 24.12. ist, wacht der Schutzengel wieder auf!
Die Erschöpfung ist nun zwar verschwunden, dafür aber beherrscht ihn um so stärker eine traurig-verzweifelte Stimmung:
Noch immer weiß er nichts über sich, sein Wesen, seine Aufgabe ...
Da hört er das Glockengeläut aus dem nahen, großen Kirchturm :
War es vielleicht sogar das, was ihn geweckt hat ?!

Der Engel schließt sich dem Menschenstrom an, geht mit hinein in das Gotteshaus mit Namen MARIA-MAGDALENA.
Rasch fühlt er sich dort wohl - besonders bei den Liedern, die die Gemeinde singt; aber auch sie schaffen es noch nicht, den Schleier des Vergessens vollends herunterzureißen ...
Bis der Engel dann die Lesung der Weihnachtsgeschichte mithört - und jenen einen, den 14. Vers aus Lukas 2 :
"Ehre sei Gott in der Höhe und Friede auf Erden
bei den Menschen seines Wohlgefallens !"
Und kaum erwähnt zu werden braucht es, dass Engel selbstverständlich sämtliche Sprachen verstehen und sofort rückübersetzen können.
Diese Fähigkeit war dem Schutzengel durch seinen Unfall nicht abhandengekommen, und so begriff er urplötzlich und wunderbar:
„Das habe ich doch schon ganz oft gesungen!
Erstmals gesungen ...vor langer, langer Zeit bei der Geburt eines Kindes, nein, nicht irgendeines Kindes, sondern bei der Geburt des Erlösers, des Heilandes!!"

Nun fühlt er sich durchströmt von einem unsagbaren Glücksgefühl:
Und wünscht - befreit lächelnd - wünscht jeder Person, jedem Lebewesen in der Stadt Marne, seiner Umgebung, - allen Menschen, Tieren und Pflanzen, dass sie -an diesem wiedergefundenen Fest -
genauso großes Glück, genauso tiefen Frieden, genauso viel neue Kraft für die weiteren Wege empfangen mögen - wie er!

SAND DER KLARHEIT

Eine kleine Erzählung, die dankbar anknüpft an die Grundidee des berühmten Gedichtes von *Margaret Fishback Powers* (deutscher Titel *„Spuren im Sand"*); besonders passend *zu Psalm 91, 11.12*

Eine Frage bedrückte einen älteren Menschen schon lange:
„Hat mich Gott auf meinem Lebensweg wirklich immer begleitet - so, wie es bei meiner Taufe versprochen wurde?! Oft habe ich mich doch sehr allein und verlassen gefühlt ..."
Endlich, eines Nachts hörte er die Stimme Gottes im Traum:
„Heute kannst Du meine Antwort erfahren. - Bist Du bereit ?"
„Ich bin bereit."
„Gut. Ich zeige Dir etwas.- Was siehst Du ?"
„Eine Wüste ..., eine riesengroße Wüste!"
„Ja, und jetzt stehst Du mitten in ihrem Sand. - Was siehst Du noch?"
„Ganz viele Spuren, unzählbar viele Fußspuren ..."
„Richtig. Das sind die Spuren der Lebenswege aller Menschen. Dieser besondere Sand bewahrt sie alle. - Nun schau mal hinter Dich ..."
„Da sind ja meine Fußspuren!"
„Stimmt. Und fällt Dir an ihnen etwas auf?"
„Ja ...; genau daneben läuft noch eine Spur; von wem ist die denn?"
„Von einem Engel, der Dich stets begleitete und begleitet."
„Verzeih: Woher weiß ich, dass das wahr ist? Diese zweite Spur sieht meiner total ähnlich!"
„Betrachte sie nur näher und länger. Erkennst Du die Menge an kleinen weißen Punkten in jedem Fußabdruck ?"
„Ja, wo kommen die her?"
„Die stammen von dem weißen Lichtgewand, das alle Engel tragen."
Gerade die letzte Antwort und Entdeckung überzeugte den Menschen - fürs Erste.

Er ging nun an seiner Lebensspur entlang – immer weiter zurück.
Und es beruhigte ihn, zu sehen:
Die Engelsspur verlief ohne Unterbrechung neben der seinen her ...
Bis er doch eine erste kurze Unterbrechung bemerken musste.
Sie erschütterte sein neues Vertrauen noch nicht:
'Vielleicht', dachte der Mensch, 'war das kleine Stück der Engelsspur bloß verwischt worden ; vielleicht sogar von Gott selbst, um mein Vertrauen zu ihm und zu seiner Antwort auf die Probe zu stellen ...'

Aber es folgten mehrere Unterbrechungen in der Engelsspur –
und es waren auch deutlich längere darunter!

„Dann", wagte der Mensch schließlich zu sagen, "dann hatte also doch ich recht - und ich bin nicht immer von einem Deiner Engel begleitet worden !"
„Du irrst Dich", erwiderte Gott vollkommen ruhig, „schau Dir die eine Spur nur ganz genau an."

„Jetzt sehe ich es; da sind ja wieder die kleinen weißen Punkte in den Abdrücken zu erkennen!
Dann ist hier also nur der Engel gegangen; - aber das bedeutet ja, er muss mich in der Zeit, auf den Strecken meines Weges getragen haben, wirklich auf seinen Armen gehabt haben!"
„Du sagst es."

Und in dem Moment erinnerte sich der Mensch an die Situationen seines bisherigen Lebens, in denen er sich tatsächlich getragen gefühlt hatte ...

WAS UND WO IST HEIMAT ? - Eine thematische Kurzpredigt

Liebe Gemeinde !
An einer der Albersdorfer Ortsausfahrten sah ich kürzlich wieder den freundlichen Abschiedsgruß: „Komm gut HEIM !"
Heim und Heimat - zwei Wörter, die zusammengehören, zwei Wörter von einem Stamm.
Ist meine Heimat also einfach da, wo ich wohne, wo mein Heim, mein Zuhause sich befindet?
Die meisten würden dazu wohl sagen: „Das stimmt nur teilweise. Meine Heimat ist dort, wo ich geboren und aufgewachsen bin - das Dorf, die Stadt. Und das Land, der Staat, in dem jener Ort liegt."
Und nicht wenige weiten ihre Antwort noch viel stärker in die Vergangenheit hinein aus:
„Unsere Heimat ist dort, wo unsere Eltern und/oder unsere Großeltern geboren und aufgewachsen sind - bevor sie in das Land auswanderten, in dem wir dann geboren wurden und aufwuchsen."
Zu den Menschen, die so antworten, gehören alle Glaubensgeschwister unter uns, die aus Russland oder anderen Ländern als Aussiedler zu uns gekommen, zurückgekehrt sind.
Heimat ist also offensichtlich etwas, was wiedergefunden werden kann - und vorher etwas, das verloren werden kann ...

Zudem erweist sich Heimat-Verbundenheit immer neu als ein ganz starkes, mächtiges Gefühl; eines, das sehr häufig missbraucht wird:
Für Gewalt gegen Mitmenschen, die vermeintlich nicht mit der jeweiligen Heimat verbunden sind !
Den Missbrauch durch Fremdenfeindlichkeit, durch Fremdenhass bekämpfte beispielhaft im Jahr 1999 auch ein Lied, das monatelang ein deutscher Top-Hit war; "Aller Herren Länder" von Heinz Rudolf Kunze. In ihm heißt es unter anderem:
„Du wirst nie zuhause sein, wenn du keinen Gast, keine Freunde hast."
Hier zeigt sich ein sehr offenes, weites Verständnis von Heimat. Sie ist demnach die ganze Welt; der Ort, das Land werden zweitrangig ; Hauptsache ist, dass es dort Freundinnen und Freunde gibt, Gäste, Gastgeberinnen und Gastgeber.
In die gleiche Richtung zielt eine Aussage des Literaturnobelpreisträgers Günter Grass – aus einem Fernsehinterview vom 30.09.99:
„Der Verzicht auf Heimat hat mich mobil gemacht."
Aus diesem Satz spricht eine große Unabhängigkeit, eine sicher nicht nur äußerliche ...
So kann er eine passende Brücke bilden zu dem, was uns Bibel und Glaube zum Thema Heimat mitteilen können, uns ans Herz legen wollen:

In den Evangelien stellt sich Jesus als einer dar, der ein extrem offenes, mobiles, total unabhängiges Heimatverständnis hat, voller Verzicht, in dem allein das gemeinschaftliche Unterwegs-Sein mit Freundinnen und Freunden zählt ...
Zu seiner harten „Schule" der Unabhängigkeit gehört sogar der Verzicht auf persönlich-private, familiäre Vergangenheit: „Lass die Toten ihre Toten begraben ... Wer seine Hand an den Pflug legt und sieht zurück, der ist nicht geschickt für das Reich Gottes" (Lukas 9, 60.62).
Was für schroffe, fast abstoßende Sätze sind das! Doch selbst sie bergen noch ein Angebot, das größte Geschenk des Glaubens, denn sie schließen mit dem Hinweis auf das Reich Gottes, die versprochene, ewige Heimat für alle Christinnen und Christen.
Wie es zum Beispiel auch der Hebräer-Brief bestätigt : „Denn wir haben hier keine bleibende Stadt, sondern die zukünftige suchen wir" (13, 14).

„Also", werden nicht wenige einwenden, „bietet der Glaube doch nur wieder die Vertröstung auf eine ferne Zukunft an, auch beim Thema Heimat !"
Nein, nicht nur, längst nicht nur, wie das letzte Zitat belegt, das ich heute anführe (Epheser 2,19): „So s e i d ihr nun nicht mehr Gäste und Fremdlinge, sondern Mitbürger der Heiligen und Gottes Hausgenossen."
Und das sind wir schon jetzt und hier!
Dahinter steckt diese Vorstellung: Das Reich Gottes liegt nicht einfach nur zukünftig vor uns, sondern ist uns auch gegenwärtig nah, umgibt uns wie eine unsichtbare Welt.
Die ewige Heimat Gottes ist überall um uns, an jedem Ort der Erde.
Müsste uns von daher nicht immer ausreichend Kraft zuströmen, Kraft für ein liebevolles Heimat-Verständnis in unserer sichtbaren Welt?!
Mit „liebevoll" meine ich :
Egal, ob wir unsere irdische Heimat nun eher orts- und landverbunden oder mehr „mobil - offen" verstehen, einig sind wir uns, dass wir uns gemeinsam gegen Ausgrenzungen in Wort und Tat wenden, gegen Gewalt und Vertreibungen, gegen Herabsetzungen und Hass!!
Dass und das hier in Marne und Umgebung immer besser gelingt - eben bewusst gestärkt durch den Heiligen Geist aus der unsichtbaren, ewigen Heimat ! - , das wünsche ich uns allen miteinander!

Amen.

LEITERN VERBINDEN – AUCH MIT HÖCHSTER HÖHE ?
Eine Predigt über 1. Mose 28, 10 - 19 a

Liebe Gemeinde!

LEITERN -
auf wie viele werden wir -zusammen gerechnet- wohl schon gestiegen sein?!
Angefangen auf Spielplätzen, fortgesetzt in Gärten, auf Dachböden, im Haushalt ... So sind sie schon unzählige Male nicht entbehrliche Helfer für uns gewesen!

Aber versuchen wir doch einmal die Art dieser Hilfe etwas genauer zu beschreiben :
Wie Brücken stellen Leitern eine Verbindung her - zwischen zwei Orten, die sonst getrennt bleiben müssten. Und während Brücken sich vor allem in der Länge erstrecken, sind Leitern fast immer nach oben gerichtet.
Mit dem Stichwort „oben", dem Bereich der Höhe haben wir zugleich den Schlüssel gefunden zu unserem Predigtabschnitt:
Denn in ihm, liebe Gemeinde, geht es doch auch um die Verbindung zu einem zuvor nicht erreichten, ja unerreichbaren Ort ...
Dieser Ort scheint am weitesten -und zugleich am höchsten- entfernt zu sein.
Nicht wenige Menschen -aller Zeiten- meinten und meinen :
Zu diesem Ort vermag weder die längste Brücke noch die höchste Leiter hinzuführen!
Dieser Ort ist, Ihr ahnt und wisst es längst, der Himmel, das ewige Reich Gottes ...

Unser Abschnitt nun berichtet von einem Menschen, der es anders erfahren hat: Von dem Ur-Vater des Volkes Israel, von Jakob.
Er hat eine solche Verbindung gesehen, eine Verbindung zum Himmel, in das Reich Gottes hinein ...
Nun werden jedoch nicht wenige schnell einwenden:
„Gesehen schon, aber ja bloß im Traum!
Mag ja sein, dass wir in unseren Träumen eine Menge von dem verarbeiten, was wir wirklich erlebt haben. Aber es kommen in ihnen auch genügend Dinge vor, die wir nie so gesehen haben ...
Und vielleicht träumt man ja besonders viel wirres Zeugs, unsinnigen und wirklichkeitsfremden Kram, wenn man seinen Kopf auf einen harten Stein 'bettet' - wie seinerzeit der Jakob!"

Auch wenn solche Einwände reihenweise Richtigkeiten enthalten:
Die Bibel birgt und kennt eben noch eine weitere Wahrheit über unsere Träume. Ihrer Überzeugung nach können Träume Träger von Botschaften sein - von Botschaften Gottes.

Und jener Traum von Jakob hätte dann diese Botschaft getragen:
„Es gibt eine Verbindung in den Himmel, zu mir, Deinem Gott!
Sie ist so klar und konkret, wie es jede Leiter und jede Brücke ist!
Und : Du kannst diese Verbindung benutzen, an ihr hochsteigen wie an jeder Leiter : Sprosse für Sprosse !"

Eine Besonderheit im Traum Jakobs fällt aber noch auf :
Jakob sieht zwar die Verbindung zu Gott, die Himmelsleiter, ganz klar, aber er benutzt sie nicht, berührt sie weder, noch setzt er einen Fuß wenigstens auf die erste Sprosse.
Dennoch ist für ihn eine tatsächliche Verbindung bereits gegeben:
Denn er hört Gott zu sich reden -ganz unmittelbar, ganz persönlich- von der obersten Sprosse der Himmelsleiter!

Jetzt, liebe Gemeinde, kommen wir zu der Frage, die sich uns wohl schon länger drastisch aufdrängt :
Gibt es diese Himmelsverbindung, eine solche Leiter, auch in unserem Leben? Und wenn ja: Könnten wir dann vielleicht sogar die Sprossen benennen, aus denen sie besteht?!
Ich glaube in der Tat, dass sich die Sprossen benennen lassen.
Und dass jede/ jeder von uns die meisten bereits persönlich kennt, ja, sie schon selbst bestiegen hat!

Denn ist nicht die erste Sprosse - die Taufe?!
In der Regel aber haben wir von ihr, der in ihr gegebenen, grundlegendsten Himmelsverbindung bewusst nichts mitbekommen, weil wir noch zu klein waren ...
Doch diese Einschränkung stellt meines Erachtens kein Argument dar, um die Erwachsenen-Taufe gegenüber der Kindertaufe zu bevorzugen :
Weil gerade die Kleinstkindertaufe das deutlichste Zeichen ist für Gottes liebevollste Absicht, jeden Menschen frühstmöglich in seine ewige Gemeinschaft aufzunehmen – ohne Vorbedingungen, ohne irgendwelche Vorleistungen; nicht mal ein eigenes „Ja“ ist erforderlich, sondern das stellvertretende von Eltern und Paten genügt!
So weit zur ersten Sprosse ...
Und würde dann nicht folgendes die zweite Sprosse ausmachen:
Begegnungen mit Gottes Wort während der Kinderzeit - etwa über Gute-Nacht-Gebete, eine Kinderbibel, den Religionsunterricht oder/und den Kindergottesdienst ... ?!
Weiterhin müsste dies die dritte Sprosse sein :
Eine möglichst bewusste Teilnahme am Konfirmandenunterricht,
eine möglichst bewusste Entscheidung zur Konfirmation und für die Kirchenmitgliedschaft !

Schließlich bliebe als vierte und vorläufig letzte Sprosse:
Eine immer neue Kontaktaufnahme mit Gott als erwachsene Person, als möglichst aktives Kirchenmitglied -
über das Gebet, im Gottesdienst, beim Abendmahl, über das Bibellesen, in der Gemeinschaft von Glaubensgruppen ...
Es gibt eine beeindruckend kurze Deutung zum Kern unseres Predigtabschnitts, die das Beten nicht nur als Teil einer Leiter-Sprosse ansieht, sondern als viel mehr! Diese Deutung stammt vom Anfang des letzten Jahrhunderts und aus der Feder eines ebenso be-kannten wie ver-kannten sächsischen Schriftstellers, aus der Feder Karl Mays.
Er schrieb im Band 27 seiner Gesammelten Werke, „Bei den Trümmern von Babylon“ (S. 588, Bamberg 1952):
„Das Gebet ist die Himmelsleiter, auf der das Vertrauen des Menschen aufwärts und die erhörende Liebe des Allmächtigen herniedersteigt.“

Hier wird das Beten also mit der ganzen Himmelsleiter gleichgesetzt!
Doch obwohl diese Deutung wirklich sehr besticht, möchte ich für uns daran festhalten, dass das Beten lediglich der Teil einer Sprosse bleibt:
Damit wir neben dem Gebet noch die anderen genannten Verbindungs-Möglichkeiten zu Gott im Blick haben können.

Und bekommen wir, liebe Gemeinde, nicht auf jeder Sprosse ähnlich wunderbare Gottesworte gesagt wie einst Jakob?!
Sicher: Auf der ersten Sprosse verstehen wir sie meistenteils
überhaupt noch nicht ...
Aber danach wächst unser Verständnis von Sprosse zu Sprosse
- in wunderbar unterschiedlicher Weise:
Bei den einen geht es unglaublich schnell, bei anderen ganz stetig, bei weiteren wieder sehr langsam, behutsam und allmählich ...
Und doch gilt für alle in gleichem, vollem Maß der Inhalt der Gottesworte,
gilt jeder und jedem die ganze Liebe Gottes!
Und das unterschiedlich große oder schnelle Verständnis bei uns
spiegelt das Eingehen Gottes wider - auf unsere je eigene Persönlichkeit!
So lasst uns auch heute neu jene Gottesworte auf- und mitnehmen, die einst schon Jakob so wohltaten
- und seither unzähligen von Mitmenschen:
„Und siehe, ich bin mit dir und will dich behüten, wo du hinziehst."

Amen.

WEN, WANN UND WOZU BERUFT GOTT ?
Eine Predigt über Jeremia 1, 4-10

Liebe Gemeinde !
Das ist der Bericht eines berühmten Mannes über den Anfang seines Glaubens.
Berühmte Leute sind oft unnahbar. Wir sagen uns selbst:
„An so einen Star kommst du ja doch nie ran. Mit so einem kannst du dich nie vergleichen. Allerhöchstens bleibt der ein Vorbild, zu dem man aus gebührender Entfernung aufschauen kann ... Und vielleicht wirst du ja mal wenigstens ein bisschen so wie jener Sänger, jene Sportlerin, jene Schauspielerin, jener Künstler, jene Rednerin oder eben wie Jeremia !"

Doch auch bei uns heute und hier, liebe Gemeinde, passieren viele Berufungen durch Gott oder -wie wir gleichfalls sagen- Bekehrungen zum Glauben, zu einem Leben unter Gottes Führung.
Nun mögen viele, gerade junge Leute das Wort „Führung" nicht;
es scheint dem Wunsch nach Freiheit, Selbstbestimmung total zu widersprechen ...
Unser Kirchengründer Martin Luther hat dazu mal ein drastisches Bild gebraucht: Wir sind nie ganz frei, nie ohne irgendeine Führung, nie „ungeritten", entweder von Gott oder dem Teufel. Aber wir haben die Freiheit, zu entscheiden, wer uns denn reiten soll!

Aber schauen wir jetzt genauer auf das Vergleichbare bei allen Anfängen des Glaubens: Was bei uns genauso war, ist oder sein kann wie bei Jeremia.
So ein Anfang geht immer von Gott aus. Er ist es, der auf den einzelnen Menschen zukommt - und zwar schon unvorstellbar früh!
In der absoluten Frühzeit unseres Lebens, wenn wir noch nicht mal antworten oder überhaupt sprechen können:
Bei uns geschieht das üblicherweise in der Taufe.
Nun gab es zur Zeit Jeremias noch keine Taufe, doch auch auf ihn ist Gott schon in der absoluten Frühzeit seines Lebens zugegangen, noch früher als jede Taufe stattfinden kann!
Denn wie hatte Gott zu ihm in unserem Predigtabschnitt gesprochen? „Ich kannte dich, ehe ich dich im Mutterleib bereitete, und sonderte dich aus, ehe du von der Mutter geboren wurdest."
Das gilt im Grundsatz für uns genauso, liebe Gemeinde :
Jede, jeden von uns kennt Gott bereits vor dem Gezeugt -Werden und sieht uns vor für bestimmte Aufgaben, ehe wir überhaupt zur Welt kommen!
Das sind gewiss nicht immer große, auffällige, weltumwälzende Aufgaben, sondern meist kleinere, unscheinbarere. Und es sind viele verschiedene Teil-Aufgaben, längst nicht nur prophetische; es werden ja auch nicht nur Propheten, Boten gebraucht ...

Aber es bleibt nun ja nicht allein bei diesem ersten Zukommen Gottes in der Frühzeit unseres Lebens, das man auch „Erwählung” nennt:
Gott sucht später die bewusste Antwort des einzelnen Menschen, sein „Ja” zur Beziehung mit ihm, sein „Ja” zu einem Leben unter himmlischer Führung. Diese Antwort wird gleichfalls Berufung, Bekehrung oder Bekehrungserlebnis genannt: Und das ist keineswegs bei jeder Person gleich!
Eine der ersten Möglichkeiten zu einem solchen „Ja” heißt bekanntlich Konfirmation. Diese Möglichkeit ist allerdings für fast alle gleich.
Danach jedoch bietet Gott individuell verschiedene Möglichkeiten an ...

Bei mir, liebe Gemeinde, war das ein ganzes Stück nach Konfirmation und Konfirmandenunterricht, der an mir so ziemlich vorbeigerauscht ist; erst als ich gerade meine Schulausbildung hinter mir hatte:
In dem Hamburger Hotelzimmer eines englischen Professors und Laienpredigers und seiner Frau, bei einer Gebetsgemeinschaft mit ihnen beiden, die ich bestimmt nie vergessen werde!

Das also ist klar: Es gibt Anfänge des Glaubens - Berufungen,
Bekehrungen - auch heutzutage, viele verschiedene.
Aber da bleibt mindestens noch eine Frage, die uns weit mehr
beschäftigt: Wie wirkt sich der Glaube denn nun aus bei uns, wo und wie zeigt er sich?!
Haben wir nicht oft das Problem, dass andere -und manchmal auch wir selbst- zu wenig Auswirkungen des Glaubens sehen?
Dieses Problem ist sicher da -wir sollten es nicht bestreiten-
und es hat für mich zwei Gründe, die bei uns selbst liegen :
Einmal, dass wir die Möglichkeiten, die im Glauben bereit liegen, gar nicht ausschöpfen, selbst zu zaghaft sind ...
Zum anderen, dass wir vielleicht auch zu Großes, Sensationelles
erwarten ...
Dafür, was wir erwarten dürfen, liebe Gemeinde, kann uns wiederum Jeremia ein Beispiel geben: Ein Beispiel für eine wichtige, aber nicht sensationelle Auswirkung und Möglichkeit des Glaubens, die wir sicher längst noch nicht ausgeschöpft haben, - ist die Ehrlichkeit;
die Kraft zur Ehrlichkeit in jede Richtung!

Jeremia ist ehrlich gewesen -oder es mit der Zeit geworden- in dreifacher Weise, in drei Richtungen, nach den drei Richtungen, die es gibt:
Ehrlich zu seinen Mitmenschen;
ehrlich zu sich selbst;
ehrlich zu Gott.
Ich habe nun einige Gedankensplitter zu jeder der drei Richtungen.
1. Ehrlich-Sein zu den Mitmenschen:

Nicht nur da, wo es leicht ist, leicht fällt ; auch zu höher-, höchstgestellten, mächtigen Personen; es kann das Weitersagen unbequemer, unangenehmer Wahrheiten bedeuten ...
Jeremia hat das im Auftrag Gottes getan, der ihm nicht allein die nötigen Worte, sondern auch die nötige Kraft dazu gab!
2. Ehrlich-Sein zu sich selbst:
Jeremia hat seine Schwierigkeiten und Schwächen nicht beschönigt, überspielt oder alles in sich hineingefressen, was ihn bedrückte ... Er hat auch mal herausgeschrien, woran er litt, etwa an seiner Einsamkeit! Auch dazu hat er von Gott die Worte erhalten, denn Gott weiß, wie wichtig so ein Herausschreien für uns ist!
3. Ehrlich-Sein zu Gott :
Mit ihm hat Jeremia über alles gesprochen, auch Klagen und Anklage an ihn gerichtet! Ich bin überzeugt: Auch dafür bekam Jeremia von Gott die Kraft, denn Gott möchte, dass wir uneingeschränkt offen zu ihm sind!

Davon können und sollten wir noch viel mehr übernehmen, liebe Gemeinde, für unser Leben.
Wobei gerade in puncto Ehrlichkeit untereinander unsere Jugendlichen -unsere Konfirmandinnen und Konfirmanden- oft schon sehr weit und selbst vorbildhaft sind :
Denn Jugendliche äußern ihre Kritik, ihre Einwände an Zuständen, die sie für falsch halten, meist ganz direkt - ohne Ansehen der Person.
Und wir Älteren haben damit nicht selten Schwierigkeiten und manchmal auch kein Verständnis für „ungestüme Ehrlichkeit"!
Doch wir kommen -erst recht in unserer Zeit mit ihren riesengroßen Problemen- nur weiter, wenn das Verständnis für ungestüme, aber notwendige Ehrlichkeit wie Einwände wächst!

Und was dafür gewiss ebenfalls wachsen muss, ist die Ehrlichkeit in die beiden anderen Richtungen, die Ehrlichkeit zu sich selbst und die gegenüber Gott:
Denn wieviel weniger Probleme hätten wir, wenn wir uns ehrlicher auch zu unseren Fehlern und Schwächen stellen und über sie reden würden!

Und wie viel mehr würden wir über uns selbst erfahren und über das, was nötig ist zu tun, wenn wir noch mehr und noch regelmäßiger mit Gott sprächen!
Dann, liebe Gemeinde, würden wir viel öfter und viel klarer Gott das zu uns reden hören, was er einst auch zu Jeremia sagte:
„Fürchte dich nicht vor ihnen - vor deinen Fehlern und Schwächen, vor der Ehrlichkeit gegen dich selbst und angesichts der Probleme dieser Welt; das brauchst du nicht !
Denn ich bin bei dir und will dich erretten!

Ich strecke meine Hand aus und rühre deinen Mund an: So lege ich meine Worte in deinen Mund!
Denn ich will dich senden, dir Aufgaben zuteilen und Begabungen leihen, um Notwendiges zu sagen und zu tun - für die Menschheit und meine ganze Schöpfung, dass sie lebt!
Dazu brauche ich auch dich – gerade dich - als ein aktives Mitglied in meiner weltweiten Gemeinschaft von Menschen, die bereits in meinem Auftrag handeln – und es noch viel mehr tun sollten, tun sollen ..."

Lasst uns also bereit sein - eine jede, ein jeder von uns –
und uns alle gemeinsam !

Amen.

MARIA UND MARTA ODER : ÜBER ZWEI SEITEN, DIE IN UNS STREITEN - Eine Predigt über Lukas 10, 38-42

Eine Frau steht in der Küche. Mit hastigen Bewegungen bereitet sie ein Essen für den unerwarteten Gast in ihrem Haus. Heißt sie nur Marta? Oder trägt sie nicht den Namen jeder Frau und jedes Mannes, die eifrige und pflichtbewusste Gastgeber sind?! Gerade schielt sie einmal mehr um die Ecke -in den Wohnraum. Und ihr Ärger, ihre Wut wird immer größer. Sie muss allein schon deswegen immer wieder um die Ecke schielen, weil sie es sonst nicht glauben würde. Aber es ist und bleibt tatsächlich so: Ihre jüngere Schwester Maria kommt immer noch nicht in die Küche, um ihr zu helfen!
Sie sitzt nach wie vor zu Füßen des Gastes und hört ihm unentwegt zu, lauscht ganz ergriffen seinen Worten. Allmählich hat Marta die Hoffnung aufgegeben, dass Maria überhaupt noch zum Helfen kommt, bevor das Essen fertig ist. Dabei soll Maria ja gar nicht den Löwenanteil der Arbeit machen. Aber zu zweit ginge es doch viel schneller.
„Und schließlich möchte ich auch gern hören, was dieser bedeutende Mann zu sagen hat! Wann haben wir schon einmal einen so großen Rabbi, einen so großen Lehrer aller Lebensbereiche und mächtigen Heller zu Gast? Wer weiß, wieviel Zeit dieser bedeutende Mann hat!
Ob er nicht gleich wieder fort muss; zu neuen Aufgaben, die ihn rufen?!"
Maria kommt tatsächlich nicht.
„Muss ich mir das einfach so gefallen lassen? Aber wenn ich Maria einfach von dem Gast wegrufe: Das geht nicht; das wäre unhöflich! Doch wenn ich nun selbst hingehe und frage? Der Mann ist doch ein weiser Rabbi; er muss mich und meine Situation verstehen! Ja, das will ich tun!"

Wir wissen, was aus Martas Vorhaben geworden ist, liebe Gemeinde :
Sie war offenbar so erregt gewesen, dass aus ihrer ursprünglich gedachten Frage ein unüberhörbarer Vorwurf wurde, ihre Entrüstung deutlich zum Ausdruck kam. Und dann erhielt sie diesen harten Tadel, diesen scharfen Verweis von dem hohen Gast.
Sie war ganz verstört und durcheinander; für den Rest des Tages wusste sie nichts mehr zu sagen - auch, als der hohe Besuch weg war, nicht. Sie sagte zu Maria kein Wort, so sehr sich diese auch um ein Gespräch bemühte, Erklärungsversuche machte und eine Entschuldigung anbot. Offensichtlich wollte Marta sie mit ihrem Schweigen strafen.
Nachts können beide nicht schlafen. Marta nicht - in ihrem Gekränkt-Sein. Aber auch Maria liegt wach, weil sie traurig ist. Sie bemüht sich, ihre Gedanken zu ordnen, zu verstehen, was sich an diesem einen Tag alles ereignet hat. Sicher, sie wollte dem hohen Gast zuhören; sie war gespannt auf das, was dieser große Mann zu sagen hatte.
Aber dass sie es so in den Bann schlagen würde, das hätte sie nicht erwartet. Sie hatte darüber ganz vergessen, dass es erst nur ein Begrüßungsgespräch sein sollte, und sie doch noch ihrer Schwester helfen wollte.

Aber ihr war so gewesen, als würde sich ihr die Fülle allen Lebens auftun: Wenn sie in seine Augen sah und an den Worten seiner Lippen hing!
Nun war darüber aber die Beziehung zu ihrer Schwester schwer belastet worden. Dabei war die bisher doch gut gewesen. Oder nur oberflächlich gut?
„Wollte Marta nicht schon immer mehr das Sagen haben? Und ist es mir nur nicht deshalb natürlich vorgekommen, weil sie die ältere ist?"
Die neuen Gedanken lassen Maria nicht länger liegen bleiben. Sie steht auf, tritt ans Fenster und schaut in die Nacht hinaus.
„Ich weiß noch, wie ich öfter als Kind ein schlechtes Gewissen hatte, wenn ich spielte. Ich dachte dann, gleich kommt Marta wieder und fragt mich, ob ich sie denn weiter allein arbeiten lassen wolle. Direkt befehlen mochte sie mir wohl auch nicht. Aber sie war in ihren Aufgaben überfordert. Nach dem frühen Tod von Mutter …"
Maria hält in ihren Überlegungen inne. Eine lange Weile kreisen ihre Gedanken um ihre Mutter. Dann überlegt sie weiter:
„Wie soll ich mich nun aber Marta gegenüber verhalten? Irgendetwas ist anders geworden. Genauso wie früher wird es wohl nie mehr werden. Auf jeden Fall will ich ihr zur Seite stehen, ihr weiter helfen.
Und ich will morgen auch noch einmal versuchen, mich bei ihr zu entschuldigen, ihr alles zu erklären.
Aber ich habe in den Worten des Rabbi so viel Neues über die ganze Welt und uns Menschen, über Gottes Willen erfahren, dass ich erst beginne, zu verstehen... : Das will ich weiter verfolgen, mir Zeit dafür nehmen, darüber nachdenken, mit anderen Leuten darüber sprechen. .."

Zur gleichen Zeit hat auch Marta einen Entschluss gefasst.
„Wenn nächste Woche unser Vater wiederkommt, dann soll er zwischen uns rechten und entscheiden, wer von uns beiden sich richtig verhalten hat. Der Vater wird es schon besser wissen als dieser Rabbi; und sei es noch so ein großer!"

Am nächsten Tag, liebe Gemeinde, verhielten sich beide ihren Entschlüssen und Vorsätzen gemäß. Maria entschuldigte sich nochmals und versuchte erneut, ihr Verhalten zu erklären. Marta nahm die Entschuldigung nur oberflächlich an, bemühte sich auch nicht, die Erklärung ihrer Schwester zu verstehen. Sie wartete in ihrem Innern allein auf die Rückkehr des Vaters und schob alles Weitere auf diesen Zeitpunkt.

Bevor jedoch dieser Zeitpunkt eintraf, ereignete sich noch etwas:
Es kam noch einmal überraschender Besuch; ein Freund des Rabbi - mit Namen Johannes. Jesus hatte ihn zurückgesandt. Denn er wusste, wie es zwischen den Schwestern aussah — nach seinem Besuch.
Nun wiederholte sich fast die Szene; es kam fast zum gleichen Ablauf!
Maria setzt nach der Begrüßung gleich das Gespräch mit dem Gast fort, während Marta sofort in die Küche geht, um ein Essen zuzubereiten.

Wieder nimmt Maria das, was der neue Gast -im Namen des Rabbi- zu erklären weiß, ganz gefangen, so dass sie alles um sich herum vergisst.
Da unterbricht Johannes plötzlich seine Ausführungen. Er blickt die erstaunte Maria einen langen Augenblick nur still und freundlich an.
„Welchen Grund hat es, dass Du mit einem Mal schweigst, Herr?", wagt Maria schließlich zu fragen.
„Ich warte auf etwas, dass Du es tust", antwortet der Gast nur. Aber das genügt.
Maria fasst sich an den Kopf und ruft aus:
„Natürlich, Herr; ich weiß ja schon, was!"
Freudig läuft sie in die Küche und bietet Marta an, sie sofort abzulösen, damit sie zu dem Gast gehen und ihm zuhören kann. Aber Marta zögert.
„Du musst ihm zuhören", sagt Maria erregt, „er hat so viel Wichtiges zu sagen für unser Leben!"
Doch Marta schüttelt den Kopf und antwortet scharf: „Geh Du nur wieder hin und höre weiter zu; ich mache das hier schon; hier ist mein erster Platz, meine Hauptaufgabe."
Maria denkt: Sie kann ihr Beleidigt-Sein nicht überwinden! Aber Maria weiß nicht, ob und wie sie das ihrer Schwester sagen soll. So geht sie nur bedrückt aus der Küche zurück in den Wohnraum, um den Gast sagen zu müssen, dass sie ihr vorgenommenes Tun nicht vollenden konnte.
Doch der Gast sitzt nicht mehr da; der Wohnraum ist leer.

Am ersten Tag der neuen Woche kommt der Vater nach Hause zurück.
Er merkt sofort, dass etwas zwischen seinen Töchtern nicht stimmt.
Marta bedrängt ihn sofort, über die Sache zwischen ihnen zu entscheiden.
„Langsam, Marta; langsam", erwidert der alte Mann zunächst nur.
„Ich will erst genau und in Ruhe hören."
Der Vater setzt sich auf seinen gewohnten Platz und lässt sich von beiden Töchtern nacheinander berichten, wobei er der älteren den Vorrang gewährt.
Als schließlich auch Maria geendet hat, sitzt er lange schweigend da und schaut abwechselnd die eine und dann die andere Tochter an. Dann beginnt er, langsam zu sprechen:
„Ich kann keiner von Euch ganz recht oder ganz unrecht geben, meine Töchter! Ihr seid zwar zwei Töchter - und dennoch seid Ihr wie ein Mensch, wie zwei Seiten in einem Menschen.
Die eine Seite, das ist das Pflichtbewusste in uns; die andere Seite, das ist das Zeit-Haben, Sich-Muße-Nehmen für ‚das Eine, was not tut'; für das Ergreifen des Lebens und seines Sinnes.
Aber in dieser Welt brauchen wir Menschen beide Seiten; jeder Mensch braucht beide Seiten; er muss jedoch jeweils den rechten Moment für die eine oder andere Seite finden. So war es schon recht von Dir, Maria, dass Du zweimal zugehört hast; aber unrecht von Dir, dass Du Deine Schwester dabei vergessen hast.

Und von Dir, Marta, war es schon recht, dass Du Deine Pflicht tun wolltest; aber unrecht von Dir, dass Du diese Pflicht zu wichtig genommen hast - und auch, dass Du Dich so lange beleidigt zurückgezogen hast und abgelehnt hast, dem zweiten Gast zuzuhören, als es Dir Deine Schwester anbot.
Ich habe Maria eben nicht zuerst genannt, weil ich etwa meine, dass sie weniger falsch gemacht hat wie Du, Marta.
Aber ich meine, dass das, was sie richtig gemacht hat, auf dieser Erde, in unserer Welt stärker betont werden muss. Die Pflicht ist auf unserer Erde schon sehr groß und mächtig - und sie unterdrückt leicht die Muße für 'das Eine, was not tut'.
Daher bedarf diese Muße zuerst des Schutzes und der Verteidigung!
Wir müssen viel stärker einander zuhören und zu verstehen suchen; und darin lernen, Gott zuzuhören und zu verstehen!"

Marta und Maria schauen wie gebannt auf den alten Mann vor ihnen, der ihr Vater ist. Wann hatte er solche Worte je gesprochen?!
Und je länger sie ihn ansahen, sahen sie in seinem Gesicht zunächst die Züge des weisen Salomo aufscheinen, so wie sie sich diesen immer vorgestellt hatten;
aber dann auf einmal die Züge jenes Rabbi Jesus, der ihr Gast gewesen war.
Und auf einmal begriffen sie. Eine Schwester sah nun die andere an - und nahm sie an, wie sie war und ist.
So umarmten sie sich.

Amen.

DREIMAL HUNGER

Ich sitze an meinem Schreibtisch über der Vorbereitung einer Predigt, in der es um das Thema „HUNGER" gehen soll.
Leider fällt mir bloß wenig ein, was ich für brauchbar halte:
Entweder sind es sattsam bekannte Beispiele oder allgemein - abstrakte Gedanken ...
Nur ein ungewohntes Bild spukt mir ständig im Kopf herum: Es stammt aus einer Werbesendung, die ich vor einiger Zeit öfter gesehen habe ...
Ein lustiger Zwerg, eine bunte Comic-Figur hüpft da in irgendein Büro hinein, stellt sich als „Kleiner Hunger" vor und ermuntert den Chef zu einer Zwischen-Mahlzeit - waren es nun Schokoladenriegel, Joghurte oder Milchreise, die da angepriesen wurden?!
Ein Blick auf die Uhr lässt mich merken, dass ich diese fruchtlose Vorbereitung ohnehin gleich unterbrechen muss. Eine Reisegruppe hat sich für eine Kirchenführung angemeldet.

Dann stehe ich auch schon am Pult in unserer Maria-Magdalenen-Kirche und lege mir alles für die Kirchenführung zurecht: Den kleinen Kirchenführer und, falls schwierige Rückfragen kommen, die Marner Stadt-Chronik ...
Plötzlich hüpft etwas hinter dem Altar hervor und begrüßt mich mit einem „Hallo". Ich glaube meinen Augen kaum zu trauen, der Jemand sieht tatsächlich aus wie ...:
„Der kleine Hunger?! Dich gibt es wirklich?! Das ist doch ein Witz!!"
„Dann bin ich aber ein lebender Witz", lacht mir der kleine Hunger zu.
Nach einer Weile, in der ich erst einmal meine Gedanken sortiere, frage ich den eigenartigen Gast :
„Warum bist du eigentlich immer so fröhlich?"
„Was für eine dumme Frage : Weil ich leicht zufrieden zu stellen, zu sättigen und zu stillen bin !"

Im selben Moment passiert etwas Unheimliches. Auf einmal steht eine riesengroße Gestalt im Altarraum, deren Kopf beinahe an die - 16 Meter hohe! - Decke reicht!
Sie schaut aus wie ein uralter Mann, dürr und abgemagert, fast wie ein Strich, bekleidet lediglich mit einer völlig verschlissenen, kurzen Hose.
„Wer bist denn du?", wage ich zu fragen.
„Ich bin der riesengroße Hunger dieser Welt - nach Brot, nach Nahrung."
Betretene, betroffene Stille folgt der Antwort und herrscht, bis ich sie nicht länger aushalte :
„Ich hätte mir dich doch nicht so groß vorgestellt ..."
„Eigentlich bin ich noch viel größer - und meist unsichtbar. Um hier erscheinen zu können, durfte ich mich kurzfristig kleiner machen - so, dass ich gerade in diese Kirche passe."

„Und wie groß bist du sonst?", frage ich beängstigt weiter.
„Das vermag ich nicht zu sagen", kommt ruhig die Erwiderung, „weil ich ständig weiter wachse. Wenn irgendwo auf der Welt ein Mensch neu an Hunger zu leiden beginnt, werde ich um eine Winzigkeit größer, um irgendein mikroskopisches Maß, viel weniger als ein Millimeter ... Aber ich muss immer weiter wachsen ..."
„Dann bist du sicher sehr enttäuscht von uns Menschen in den reichen Ländern, dass wir viel zu wenig helfen", vermute ich vorsichtig, weil ich jeden Augenblick einen -so verständlichen- Wutausbruch des Riesen befürchte.
Doch er sagt überraschend nur, und es klingt furchtbar resigniert: "Ach, ich spüre eure Spenden und die politischen Bemühungen schon und empfinde sie als ein bisschen hilfreich, einem einzelnen Brotkrumen ähnlich ... Jedenfalls wachse ich dadurch manchmal etwas langsamer ... Aber ich weiß auch, dass für die Zeit dieser Welt kein grundlegender Wandel zu erwarten ist."

Jetzt mischt sich eine Stimme von unten ein: „Großer Bruder", meldet sich der kleine Hunger unbedacht-empfehlend zu Wort, „willst du es nicht mal mit einer Werbesendung versuchen - so wie ich?!"
„Nein", entgegnet es von oben lauter, entschieden und bitter, „Bilder von Hunger-Leidenden gibt es doch bereits zahlreich in Nachrichten- und Magazin-Sendungen. Wenn die nicht mehr bewirken ...
Eine albern-verlogene Werbung halte ich für ganz und gar ungeeignet!"

Da kommt noch eine Person in den Altarraum, ein kräftiger junger Mann, bestens bekleidet.
„Sie müssen hier verkehrt sein", entfährt mir mein erster Gedanke gleich ziemlich forsch, „Sie sehen nicht aus wie jemand, der Hunger hat!"
„Aber ich leide an gewaltigem Hunger, dem Hunger nach Glück, innerer Zufriedenheit und nach dem Sinn des Lebens ..."
Und erst jetzt erkenne ich den unendlich traurigen Ausdruck seiner Augen.
„Welche Hilfe wäre Ihnen am wichtigsten, welche Hilfen vermissen Sie am meisten?", erkundige ich mich.
„Mehr Verständnis brauche ich; dass ich auch mal Schwächen zeigen darf; dass ich einfühlsam-klarer bekannt gemacht werde mit Sinn-Angeboten fürs Leben, vor allem damit ...", und er zeigt gleichzeitig auf unsere Altar-Bibel.

Unruhe steigt in mir auf, denn mir ist wieder eingefallen : Jeden Moment wird ja die Reisegruppe hier sein !
Ich muss mit den Dreien besprechen, dass ihre Anwesenheit nicht so gut passt zu einer Kirchenführung - oder vielleicht gerade doch ... ?!

Da klingelt es. Eine Klingel - die gibt es in unserer Kirche überhaupt nicht, „nur" Glocken, und die werden nicht extra für Kirchenführungen programmiert oder angestellt ...
Aber es klingelt wieder und weiter !

Nun merke ich, dass ich mit meinem Kopf auf dem Schreibtisch liege.
Noch halb benommen stehe ich auf, öffne die Tür und höre ein Gegenüber fragen:
„Haben Sie uns vergessen? Wir sind bei Ihnen zu einer Kirchenführung angemeldet!"
„Nein, nein, Entschuldigung, ich muss eben ... eingeschlafen sein ..."

„Können Sie denn jetzt gleich mitkommen?", will die Gruppenleiterin nachsichtig-freundlich wissen.
„Gerne", erwidere ich erleichtert, „ich brauche gerade jetzt wahre menschliche Gemeinschaft in der Kirche, kräftiges Miteinander-Singen und Miteinander-Beten!"

EIN BESONDERES KONFIRMATIONSGESCHENK –
zugleich ein kleiner Dank an Michael Ende

Stell Dir bitte einmal vor :
Unter den vielen Geschenken zu Deiner Konfirmation wäre auch ein großes, längliches Paket, eingewickelt in himmelblaues Papier ...

Du machst es auf und findest drei Spaten, deren Stiele unterschiedliche Farben haben: Schwarz/gelb der erste, braun/hellblau der zweite, rot/grün der dritte.
Außerdem liegt eine Karte bei, ebenfalls himmelblau:
„Herzlichen Glückwunsch zur Konfirmation !
Ich bin ein himmlisches Wesen, dessen Name und Gestalt für Dich nicht wichtig sind. In wessen Auftrag ich Dir dies schreibe und schicke, wirst Du Dir denken können.
Mit den Spaten kann ich Dir die drei Wege zum wahren Glaubensleben zeigen, das voller Spannung, Aufregung und Abenteuer steckt. Du musst nur wollen und mitmachen. Nachstehend gebe ich Dir drei Orte an, wo Du mit jeweils einem der Spaten gräbst.
Du beginnst mit dem Schwarz-Gelben ... Ach so, eine Information fehlt noch: Die Farb-Kombinationen der Stiele haben weder etwas mit Politik noch mit Sport zu tun!"

Einen Ort zum Graben vermag ich -als Erzähler- hier nicht anzugeben, da es für jede Leserin und jeden Leser ja ein verschiedener, eigener wäre und ist, vielleicht der erste von drei persönlichen -alten oder neuen- Lieblingsplätzen?!

Du gehst also los, findest die angegebene Stelle, gräbst - und stößt auf etwas Großes, Hartes:
Es ist ein Spiegel, der eine eigenartige Form aufweist, die eines Dreiecks - und einen Holzrahmen hat, an jeder Ecke mit einem kleinen Kreuz verziert.
„Was soll ich denn damit?!" , denkst Du. „Aufhängen würde ich mir so einen in meinem Zimmer nicht. Oder soll ich ihn verkaufen? Vielleicht gibt es viel Geld dafür ... Und er ist tatsächlich dazu bestimmt - als Aufstockung meines Konfirmationsgeldes?!"
Aber während Du so nachsinnst und mit Dir selber sprichst, merkst Du, wie Du Dich immer mehr angezogen fühlst, in den Spiegel zu schauen, Dein Spiegelbild anzusehen ...

Plötzlich merkst Du, wie sich etwas an Deinem Spiegelbild verändert, genauer: um es herum. Du siehst, dass um Dein Gesicht herum alles schwarz wird ... Das kann doch gar nicht sein!

Und in Deinem Spiegelbild tauchen mit einem Mal Bilder auf, als liefe da ein Film ab ... bis nur noch diese Filmbilder da sind und Dein Gesicht völlig verschwinden lassen!
Aber Du erscheinst dafür jetzt als ganze Gestalt in dem Film, in immer neuen Szenen - der Vergangenheit: Als Kleinkind, Kind und Jugendliche/r. Und in der Zukunft - als Erwachsene/r.
Doch das Unangenehme, Bedrängende ist: Es sind alles Geschichten, in denen Du etwas verkehrt machst, anderen Schaden zufügst ...
Alles, was Du bisher verkehrt gemacht hast, musst Du so noch einmal sehen - und darüber hinaus lauter Möglichkeiten, was in der Zukunft verkehrt laufen kann - oder wird ?!
Diese Fülle an Schlechtem ist nicht auszuhalten!
Du willst den Blick von dem Film abwenden - , aber es geht nicht. Du hältst dir die Hände vor Augen, doch die Filmbilder dringen durch ...

„Meine Hände werden mir wohl noch gehorchen", schießt es Dir durch den Kopf. Du packst den Spiegel und willst ihn gegen den nächsten Baum oder die dichteste Mauer werfen.
Dabei kommt Dir das oberste kleine Zierkreuz, auf der Spitze des Dreiecksrahmens, genau vor Augen ...

Und schlagartig hört der schwarzumrandete Film auf! Dein Gesicht ist wieder zu sehen. Wie erleichtert bist Du!
Jetzt verändert sich noch etwas. Jetzt wird um Dein Gesicht herum alles gelb, leuchtend gelb, dem Sonnenlicht gleich, warm und schön.
Und erneut fängt in Deinem Spiegelgesicht ein Film an, unter dem Dein Gesicht allmählich verschwindet:
Abermals erkennst Du Dich - als Kleinkind, Kind, Jugendliche/r und als Erwachsene/r.
Doch diesmal siehst Du alles, was Du in deinem Leben bislang gut und richtig gemacht hast, für Dich und an anderen ... Du hättest -nach dem schwarzumrandeten Film eben- gar nicht mehr gedacht, dass das noch so viel sein könnte!
Und Du siehst ganz viele Möglichkeiten, was in Zukunft gut laufen kann - und wird?! Eine Menge Gutes geschieht da spielerisch leicht und wie von selbst... Du hättest es Dir viel schwerer vorgestellt!
Auf einmal spürst Du, wie gut Dir jetzt allein schon das Anschauen dieses sonnenumrandeten, sonnendurchfluteten Filmes tut:
Du fühlst Dich glücklich, fröhlich, leicht und frei!

„Ich muss den Spiegel mitnehmen - und in meinem Zimmer aufhängen!
Ich weiß jetzt ja, wie ich ihn gebrauchen muss. Ich brauche nur erst das Zierkreuz oben anschauen und dann ..."
Aber im selben Moment ist der Spiegel verschwunden.

„Schade ... Doch den sonnenumrandeten Film, den ich eben vor mir -über mich- gesehen habe, den werde und will ich nicht vergessen. Und außerdem : Kann ich das Kreuz Christi nicht an vielen Orten, fast überall anschauen - und auf mich wirken lassen?!"

Eine lange Weile später wird dir bewusst: Das war ja erst das erste Drittel des so außergewöhnlichen Konfirmations-Geschenks!
Der himmelblauen Glückwunschkarte zufolge ist nun als zweiter Spaten der braun-hellblaue an der Reihe ...

Du gehst wieder los, findest die für ihn angegebene Stelle und gräbst erneut:
Plötzlich hast Du ein Bild vor Dir, ein Klappbild - mit einem Gemälde auf der Außen- und Oberseite. Du erkennst die Vorderansicht eines Schlosses -samt großem Tor und Zugbrücke davor, die heruntergelassen ist. Alles wirkt genauso echt wie fotografiert, ja bald noch echter und wirklicher, obwohl Du nicht zu sagen vermagst, wieso - und wie das überhaupt angehen könnte ...

Ganz beeindruckt schaust Du das Bild immer weiter und intensiver an, entdeckst mehr und mehr Einzelheiten, so auch den Namen, der über dem Tor steht: „Das Lebensschloss".
Jetzt spürst Du den unwiderstehlichen Wunsch, das Bild endlich aufzuklappen:
Du erkennst einen Flur, von dem am Ende zwei Türen abgehen, eine weiter nach links, eine weiter nach rechts ... Es sieht alles wieder genauso superecht und -wirklich aus wie bei der Außenansicht des Schlosses eben!
Und mit einem Mal hast Du das Gefühl, selbst in diesem Flur zu stehen, ganz wirklich. Nun erst merkst Du, dass in der Mitte zwischen den Türen -recht hoch an der Wand- etwas steht :
„Die Herzens-Räume : Schaue Dir beide an und wähle dann einen als deinen eigenen!"

Du öffnest zuerst die linke Tür - sie gefällt Dir irgendwie besser, vielleicht weil sie schöner und verzierter ist ...
Und dann kriegst Du den Mund gar nicht wieder zu, so staunst Du:
Der Raum ist total vergoldet, sein Glanz blendet Dich! Erst nach und nach erkennst Du, was sich sonst noch alles binnen dieser vier Wände befindet:
Sämtliche Geräte, die man sich nur wünschen kann, sind da - und jeweils in ihrer teuersten und besten Form!

Auf einem -natürlich ebenfalls- goldenen Tisch liegen zwei Autoschlüssel : Für die teuerste Limousine und das teuerste Sportwagen-Cabrio ... Dein Name ist im Schlüsselbund eingraviert!

Du musst Dich erstmal setzen - auf ein Sofa, selbstverständlich auch aus reinem Gold ...
Jetzt erst merkst Du, dass dieser wunderbare Raum zusätzlich zwei Fenster hat, eher klein geratene ... Sie fallen auch kaum auf, da schwer vergoldete Vorhänge sie bedecken. Über jedem hängt ein kleines Schild. Deren Schrift ist so winzig, dass Du hingehen musst, um sie lesen zu können.
Auf dem einen steht: „ G - O - T - T ". Du ziehst neugierig die Vorhänge auf - und siehst nichts.
Verwundert wendest Du Dich dem zweiten Fenster zu. Auf dem Schild steht: „ M - I - T - M - E- N- S- C- H- E- N ". Du öffnest die Vorhänge - mit dem gleichen Ergebnis: Es ist nichts und niemand zu sehen ...

Du setzt Dich wieder auf das goldene Sofa, um nachzudenken.
Bald hast Du ein Ergebnis: Entweder da ist jeweils wirklich nichts -aber das kann doch zumindest bei dem „Mitmenschen-Fenster" nicht angehen!- oder ich kann einfach nichts erkennen, weil ich vom Gold in diesem Raum zu geblendet bin.

Du verlässt nun das Prunkzimmer und gehst ins rechte ...
Es ist vollkommen anders, sehr einfach eingerichtet, ganz aus Holz.
Hier fällt sofort ein großes Fenster auf, das den Raum beherrscht:
Holzfarbene Vorhänge bedecken es. Ein unübersehbares Schild darüber teilt mit : „GOTT UND MITMENSCHEN".
Du gehst gleich hin, ziehst die Vorhänge beiseite - und diesmal gibt es etwas zu erkennen, mehr als genug:
Zahllos viele Menschen, die Dich freundlich anschauen, Dir zulächeln ...
Sie stehen in einer Landschaft, die ganz und gar himmelblau ist. Total verschiedene Leute nimmst Du wahr - hinsichtlich ihrer Hautfarbe oder Kleidung, Ärmere und Reichere ...
Auf einmal rufen sie alle gemeinsam Dir zu, nein, es ist eher ein Singen, ein Chor : „Wenn Du den Raum wählst, in dem Du im Moment stehst, werden wir alle Deine Freunde, echte Freundinnen und Freunde!"

Jetzt spürst Du, wie eine Kraft Dich in den Flur zurückdrängt. Und Sekunden später merkst Du, dass Du wieder -oder immer noch ?- vor Deinem gebuddelten, zweiten Loch sitzt.
Das Klappbild ist, was Dich jetzt nicht mehr überrascht, -verschwunden, genauso wie der Spiegel aus dem ersten Loch ...

Nun ist bloß noch der rot–grüne als dritter Spaten übrig.
Ein letztes Mal gehst Du also los und gräbst an der angegebenen, dritten Stelle ...
Diesmal findest Du sehr wenig, etwas ganz Kleines: Einen Zettel.
Auf ihm wird Dir ein Haus beschrieben, das demnach in unmittelbarer Nähe sein muss.

Du folgst der Beschreibung. Tatsächlich, da ist das Haus. Dich wundert nur, dass Du es hier früher nie gesehen hast - oder war es Dir lediglich nicht aufgefallen?!

Eine Klingel gibt es nicht. Dafür steht die Tür auf. Du gehst in die Diele, rufst fragend. Bloß ein Husten hörst Du, als Antwort aus einem der Zimmer.
Eine alte Frau liegt dort im Bett. Sterbenskrank sieht sie aus. Sie lächelt Dir freundlich zu und bittet Dich, Platz zu nehmen auf einem Stuhl neben ihrem Bett. Mit sehr leiser Stimme sagt sie dann:
„Das ist aber nett, dass Du mich besuchen willst."
„Aber ..."
„Nichts aber ... Du brauchst nichts zu erklären."
„Besucht Sie denn sonst niemand ?"
„Doch, schon ... ; aber über jemanden wie Dich freue ich mich ganz besonders."
„Haben Sie irgendeinen Wunsch, den ich Ihnen erfüllen kann ?" , fragst Du reichlich verunsichert.
„Ja, ich hätte gern, dass Du mit mir betest."
„Ich ... ich weiß nicht, ob ich das kann ..."
„Bestimmt. Es ist ja ein vorgegebener Text, den ich sonst immer für mich allein bete. Das tut bereits gut. Aber gemeinsam, mit Dir gemeinsam, noch viel mehr."
„Was ist das ... für ein Text?"
„Der 23. Psalm. Den kennst du doch."
„Ja, schon ...; aber ... ich kann ihn nicht richtig auswendig. Ich … ich habe ihn ziemlich … eilig … und kurz nur gelernt."
„Das macht nichts, jedenfalls hier und jetzt nicht. Denn ich kann ihn auswendig. Du brauchst ihn mir bloß einfach nachzusprechen. Und beim zweiten Mal kannst Du sicher fast gleichzeitig mitsprechen."

So betet Ihr zweimal den 23. Psalm, die alte Frau und Du. Dir wird dabei ganz warm ums Herz – so stark, wie Du es noch nie gehabt hast.
Die alte Frau liegt jetzt mit geschlossenen Augen da. Auch auf ihrem Gesicht ruht nun volle, tiefste Zufriedenheit.
„Müssen Sie gleich sterben?", wagst Du zu fragen.
„Noch nicht, glaube ich. Gott allein weiß, wann die Zeit da ist. Aber ich bin jetzt sehr müde und möchte schlafen. Ich danke Dir sehr."
Sie hält Dir ihre Hand hin.
„Auf Wiedersehen“, sagt sie.
„Auf Wiedersehen ?!“ , antwortest Du, mehr fragend und etwas überrascht, während ihre Hand in Deiner liegen geblieben ist.

Printed by Books on Demand GmbH, Norderstedt / Germany